中国历代通俗演义故事·农闲读本

大宋中兴通俗演义

原著　熊大木　真
改编　童大
插图　李　娜

吉林出版集团股份有限公司

图书在版编目（CIP）数据

大宋中兴通俗演义 / 童真改编. —长春：吉林出版集团股份有限公司，2008. 11（2023.8 重印）

（中国历代通俗演义故事：农闲读本）

ISBN 978-7-80762-931-3

Ⅰ．大… Ⅱ．童… Ⅲ．章回小说—中国—明代—缩写本 Ⅳ. I242.4

中国版本图书馆 CIP 数据核字（2008）第 165851 号

DASONG ZHONGXING TONGSU YANYI

书　　名	大宋中兴通俗演义
出版策划	崔文辉
责任编辑	孙骏骅
出　　版	吉林出版集团股份有限公司
	（长春市福址大路 5788 号，邮政编码：130118）
发　　行	吉林出版集团译文图书经营有限公司
	（http://shop34896900.taobao.com）
制　　作	猫头鹰工作室
电　　话	总编办 0431-81629909　营销部 0431-81629880
印　　刷	三河市金兆印刷装订有限公司
开　　本	889×1194 毫米　1/32
印　　张	7
字　　数	105 千字
版　　次	2008 年 11 月第 1 版
印　　次	2023 年 8 月第 2 次印刷
标准书号	ISBN 978-7-80762-931-3
定　　价	38.00 元

（如有印装质量问题请与出版社调换。联系电话:18533602666）

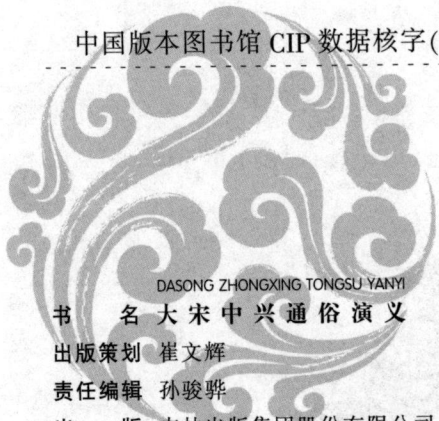

前 言

北宋末年,宋徽宗治国无方,宠信奸臣,各地农民纷纷起义,北宋政权岌岌可危。同时,松花江流域的女真族兴起,完颜阿骨打建立金国,先与大宋联合攻辽,后来借机侵宋,进逼开封。当时大宋皇帝宋钦宗拒绝李纲等人的意见,对金国割地、赔款、求和。靖康二年(即建炎元年,1127年),金人掳走徽、钦二帝及大宋皇室,北宋灭亡。

同年五月,康王赵构于南京应天府(今河南商丘)即位,称为宋高宗。此后,高宗置北方大批抗金的忠义军民于不顾,迁都扬州。第二年,金人南侵,高宗逃到杭州(临安),表面上以此地为"行在"(陪都),实际为首都。金人一路南扑,直逼临安,高宗无路可逃,只得入海逃避,在温州沿海漂泊了四个月之久。

由于南方气候潮湿,河道纵横,加上南宋军民的英勇抗战,金军主帅完颜兀术决定撤兵北上。在北撤到镇江时,他被宋将韩世忠断其后路,结果被逼入黄天荡。宋军以八千兵力围困金兵十万,双方相持四十八日,最后金军用火攻才打开缺口,得以撤退,但又在建康被岳飞打败,从此再不敢渡江。

宋高宗在位期间,内忧外患,形势十分严峻。但也正因为如此，涌现出一批可歌可泣的英雄好汉。其中最著名的就是岳飞。他通过北伐收复了金人扶植的伪齐政权控制的土地。但岳飞功高盖主，又与高宗意见相悖，因此招来杀身之祸。

1140年，金人再度撕毁和议南侵，由于宋朝军民抗战英勇，金军在川陕、两淮皆大败。金将兀术转攻郾城，被岳飞打败，转攻颍昌，又败。岳家军乘胜追击，一直打到距开封仅四十五里的朱仙镇。北方义军也纷纷响应岳飞，以至于金人感叹"撼山易，撼岳家军难"，并一度打算放弃开封，渡河北逃。但此时高宗连下十二道金牌催促岳飞班师，北伐之功毁于一旦。最后，岳飞以莫须有的罪名被奸臣秦桧害死。

秦桧此人早已叛国，但深得宋高宗的信任，被封为丞相，位居一人之下，万人之上。秦桧上台后，极力主张投降金人，并迫害与自己意见不同的官员，联姻外戚，结交内臣，害死不少忠义之士。高宗对于秦桧的行为也只是默许，但秦桧并没有得到好下场，至今仍遭到世人唾骂。

编　者

目录

第一回

斡离不率兵侵宋

在宋朝的时候，有位皇帝叫宋徽宗，他没有什么能耐，整天只知道吃喝玩乐，修建宫殿，很少过问国家大事。他重用一大批奸臣，像蔡京、童贯、高俅等，而忠臣却遭到残酷的迫害。在他的统治下，人民生活在水深火热之中，盗贼随处可见，农民起义经常发生。在这个时候，北方的女真族的首领完颜阿骨打建立了金国。金国对富饶的大宋国早就垂涎三尺，一直积蓄力量准备趁机入侵。

公元 1125 年，金国兵分两路，开始攻打宋国。一路由大将斡离不率领人马，从东路攻打燕京，另一路由金国大太子粘罕从西路直扑太原。由于宋朝当时已经非常腐朽，上至皇帝，下至文武大臣，平时作威作福，吃喝嫖赌，无恶不作，但一看到要打仗，个个吓得屁滚尿流，根本不敢抵抗。因此，金军一路畅通无阻，连连取得胜利，很快就逼近宋朝的都城东京。

宋朝的传信兵一个接一个地回报："急报！金兵已经

杀到汴梁了！"宋徽宗一听,吓得差点从龙椅上摔下来,赶忙写了一篇"悔过书",假装承认自己过去的一些错误,号召军民起来抵抗,其实却偷偷准备逃跑。朝中奸臣也跟他一样,个个回家收拾金银财宝,带着妻妾儿女一起逃走。只有吴敏和李纲还想着坚守阵地,两人决定冒着杀头的危险去劝徽宗将皇位传给太子赵恒,稳住民心,保住国家。

第二天,宋徽宗看了李纲进谏的血书,知道自己大势已去,如果再不让位给太子,肯定遭到天下人的唾骂,自己的小命儿也保不住。于是他决定忍痛让位,并任命吴敏辅佐太子。随着金兵渐渐逼近京都,宋徽宗又怕又急,拉着大臣的手气愤地说:"金国人真没信用！以前一起攻打辽国,现在反过来与我作对！"说着一口气堵住了喉咙,昏倒在地。群臣急忙将他抬到床上,喂药抢救,不一会儿,宋徽宗慢慢睁开双眼,伸手要来笔和纸,写了"传位于皇太子"六个字。从此,赵恒当上了皇帝,称为宋钦宗,立妃子朱氏为皇后,对吴敏、李纲、蔡懋、李邦彦、张邦昌等人委以重任,改年号为"靖康",并大赦天下。

新皇帝登基,文武百官跪拜祝贺,场面十分宏大。仪式完毕,宋钦宗开始和大臣们商量如何击退金兵。李纲认为大宋换了新皇帝,金国一定会害怕,来请求讲和,大宋可以借此机会,给一些钱财、名分打发他们,但绝对不能割让土地。这个想法得到了皇帝的赞赏。但是情况却远没有想象中那么简单。这时金兵已经打过了黄河，以老皇帝为首的皇亲国戚开始四处逃窜，军心散乱，宋钦宗本来就是个优柔寡断的人，现在对于是留是守非常迷惘。他一面召集大臣们商量对策，一面派大臣查看京都的城墙是否稳固，但除了李纲之外，其他大臣都主张皇帝逃走，更加没有人愿意领兵守城，将军这个职位像皮球似的被踢来踢去，大臣们差点儿没因为这事儿打起来。最后还是李纲挺身而出，接过抗敌守城的艰巨任务，一些忠诚、勇敢的部下决定跟随他，誓死保卫国家！

守城的人有了，但宋钦宗还是要走，只见李纲扑通一声跪倒在地，拼命求他留下。李纲知道，如果连皇帝都跑了，哪还会有人上阵杀敌?! 但是，这个软弱的皇帝只是哭着说："李纲啊，我知道你忠诚，但是不要再挽留我了，我已经决定去陕西了，留在这儿是死路一条啊!"李纲没有办法，只能眼睁睁地看着皇帝转身离去。

第二天，宋钦宗一行人马刚要出发，李纲又拦在前面，苦口婆心地对皇帝说："陛下! 您现在走是十分危险的! 金军就在眼前，他们知道您没走远，肯定快马加鞭去追您，到那时怎么办? 况且去陕西的路上，您要是和护卫走散了，怎么办? 那时候，您叫天天不应，叫地地不灵，还不如留下，有我们拼死保护您!"没想到，李纲这番话还真起了作用，皇帝一听，恍然大悟,外面硝烟四起,到处是厮杀声,真是太冒险了。于是,宋钦宗立刻下令,摆驾回宫。李纲大喜,赶紧向众人大声宣布:"陛下决定留守京都,违抗命令者,斩立决!"各位大臣再不敢劝皇帝逃跑,而是一起跪下,高呼:"万岁!万岁!万万岁!"声音震彻大地。

宋钦宗的留守增加了宋军抗敌的士气,而李纲也为宋氏江山社稷保住了一丝希望。

第二回

李纲领命抗金人

李纲走马上任后,立刻投入到保卫京都的工作中。他在每侧城墙上都安排了一万两千名士兵,另外又设立了前后左右军共四万人,中军八千人;还准备了火炮、弩、砖石、檑木、火油等各种武器。不到三天,保卫措施基本准备完毕。这时,金将完颜宗望已兵临城下,喊声震天,火光照得天空就像白天一样。李纲亲自登上城楼指挥作战,一边放箭,一边扔石头,杀死金兵几千人。完颜宗望一看情况,知道城里早有准备,只好下令撤退。

第二天,殿外传来急报:"金兵正攻打我酸枣门!"事情来得突然,宋钦宗没了主意,这时只见李纲不慌不忙地说:"陛下,给我一些弓箭手,我就能击退金兵。"说完,李纲带着皇帝赐给的禁军一千多人匆匆离开。快到酸枣门时,正遇到金兵大队人马锣鼓喧天地要攻城,李纲看了看身边的将士问:"谁愿意当前锋,挫挫敌人的锐气?""我去!"李纲一看,原来是手下霍超。霍超说完,带着二百名精兵直接杀入敌内,所到之处,死伤一片。霍超的部下个个是百里挑一的勇士,一个顶百个。两军交战,厮杀声响彻云霄,忽然金兵头上箭如雨下,这是李纲在后方帮忙呢,只见金兵一个个中箭倒地,不知不觉已经到了黄昏时候,双方都已筋疲力尽,金兵终于不敌宋军,夹着尾巴灰溜溜地逃跑了。

消息传到了金将斡离不那儿,他大发雷霆:"宋朝现在只有城里那么点儿兵,就把你们打得落花流水,等大部队赶来还了得!"他气了一宿,第二天亲自率兵攻城。李纲会怕他?早早就准备好弓箭手等着呢。结果,斡离不也成了李纲的手下败将,像泄了气的皮球一样逃回军营。

那么,李纲为什么能百战百胜呢?除了他会用兵打仗,最重要的还是他对将士的爱护,非常会聚拢人心。皇帝表扬他,他就说是将士的功劳,皇帝赐他金银财宝,他就分给部下,所以在李纲手下干活儿,谁能不拼命!

宋国打了胜仗,当然高兴,但金国也没有就此罢休,他们觉得硬打是不行了,正好宋国刚刚换了皇帝,干脆先求和吧。于是金国派人捎了个信儿,请宋国的亲王、宰相去金营商量讲和的事儿。宋钦宗一听可乐了,这回不用逃跑了,朝中大臣也都盼着这一天呢。只有李纲坚决反对,他说:"现在金国知道打不过我们,不敢硬来,只要我们再拖几天,等救兵到了,他们就更不敢提打仗了,没必要跟他们讲和,再说金国是不讲信用的,说不定哪天就翻脸了。"我们都知道李纲说的有理,但糊涂的宋钦宗不这么想,他巴不得这事早点结束呢。没办法,李纲劝服不了皇帝,只好自告奋勇请求去谈判,如果让那些卖国贼去,还不把大宋给毁了。但李纲没有成功,最后钦宗派李悦去的。

李悦是个什么样的人呢?一句话,胆小怕事,软弱无能。果然,李悦到了金营,屁也不敢放一个,金国说什么是什么,这哪是去谈判,简直就是孙子一样。结果可想而知,他答应了金国所有的无理要求:奉上黄金五百万两、白银五千万两、牛马等各一万匹、绸缎一百万匹;割让太原、中山、河间三镇给金国;用宋国的亲王、宰相做人质。

不用说也能猜到,宋钦宗和那些奸臣们都同意了,为什么?因为昏庸呗,不打仗他们就能继续吃喝玩乐了。李纲真是又生气又伤心,去哪儿弄那么多钱给金国?还不是管老百姓要!太原、中山、河间是保护宋国的最后一道屏障,给了金国,大宋就再没有好日子过了,而且更不能让大宋的皇子去当人质,出了事怎么办!于是,他还是建议拖延时间,等救兵来了再说。但是,宋钦宗不听劝告,派康王赵构、宰相张邦昌去了金营。

康王等人快到金营时,远远就看见金兵清一色的黑色鱼鳞甲,头戴厚重的头盔,头盔上都有高高的羽饰,每人都骑着战马,马的侧面还挂着硬木制的圆形盾牌,这是金国刚增加的骑兵。当他们走到金营时,完颜宗望和部下上来迎接,一进入金兵的地盘，张邦昌就哆嗦起来，康王还算镇定。从外表上看，康王身材伟岸，在宋代是很高的个头了，而完颜宗望身材瘦小，比康王矮了不止一头。两国代表在说话的时候，完颜宗望十分傲慢，还命令士兵拿来弓箭，在帐篷外露了一手，张邦昌一看，知道这是给自己和康王厉害看呢，吓得一身冷汗。康王却不吃这一套，叫人换来更重的弓箭，连射三箭，都命中靶心，着实为大宋挽回了面子。但也正因为如此，金国开始怀疑这个康王是不是假的，难道是宋国派来的将军？于是他们放了康王，让大宋换一位皇子来。

就在这时，大宋的援军终于从四面八方赶来，大将军种师中、姚平仲等人聚集在京都附近，总共有二十多万人马，而金兵才不过六万人马，相差悬殊。李纲趁着宋钦宗高兴的时候，建议利用这个机会报仇，种师中、姚平仲也同意，并准备出兵攻打敌军。结果，他们不负众望，活捉了斡离不，救回人质，打得敌人四处逃窜。但就在宋军士气正旺，追杀金兵时，朝中奸臣李邦彦害怕种师中、姚平仲立下大功，抢了自己的风头，就暗地里向宋钦宗说："陛下，咱们打算跟金国讲和，千万不能再追杀金兵了，惹火了金国，后果十分严重呀。"这话正说到了宋钦宗的心坎里，于是宋钦宗下令，不许再攻打金兵，放了俘虏来的金兵。唉，什么是软弱？这就是软弱！

但不管怎么说，金国大败，战事总算告一段落，宋国上下一片欢腾，早就把之前的危机忘在脑后了。大将种师中看不惯他们的作风，十分恼火，向皇帝辞了官。谁都知道种将军是难得的大将，不但百战百胜，而且深受老百姓的爱戴，在军队中也非常有威望。但是，宋钦宗是好了伤疤忘了疼，他觉得种师中老了，没什么用了，要走就走吧，于是批准了种师中的请求。就这样，战争的硝烟还没有完全散去，宋钦宗就开始忘乎所以了。

第二回

种师中战死熊岭

自从金军打了败仗回来，金太宗十分关注宋国的情况，不断派人打探消息，根据回报说："自从我军撤退后，宋国再没有提过打仗的事，将士们都在家待着，没什么动静。"金太宗一听既意外又高兴，立刻把大臣们叫来，商量趁机再次进攻宋国，并任命大太子粘罕为左副元帅，斡离不为右副元帅，率领精兵二十万，分两路进攻。没想到，宋国境内果然没有一点儿防备，金兵一路杀过来，畅通无阻。

这时大宋皇帝还在龙床上做美梦呢，听到金兵又杀回来了，掐了掐自己的胳膊，疼！才知道原来是真的！朝廷上下顿时慌了手脚，忽然听见有人说："敌人眼看就要到太原了，陛下还是赶快把种师中将军叫回来救急吧，如果太原失守，京都就完了！"这回宋钦宗二话没说就照做了。

此时种师中将军正与姚古、张颢等人在三镇商量军事，得知金兵大举入侵，马上就拿出了对策。金军这次声势浩大，人马众多，宋军很难跟它硬拼，只能建高墙，挖地沟，把金军困在其中，等到他们没吃没喝的时候，再一网打尽！但是金军也不傻，斡离不到了太原，一看宋军的架势，就知道设了陷阱等自己往里跳呢，于是改变主意，先攻打离京都最近的真定。这可气坏了宋钦宗，他认为是种师中指挥错误，把敌人引过来了，于是命令他回来护驾，将功赎罪，否则军法处置。种师中接到命令，真是一肚子委屈，要是去保护京都，太原没人守，要是留在太原，皇帝又说不救他，赖我故意耽误时间。"罢罢罢，我参军四十多年，什么时候受过这样的屈辱，这违抗皇命的罪名都安到头上了，无论如何也不能在这儿留守了！"于是传令立刻回京都救驾。

种师中的部队快马加鞭，一路杀到熊岭，此时已经是黄昏时分。师中见山路非常不好走，怕有敌人埋伏，便命令部队分前后两队前进。就在他绕过山脚时，忽然蹿出一名金将，此人便是完颜活玄，后面跟有金兵三千多人，把山口围得水泄不通，金军锣鼓声音震动天地。种师中心中一惊，但他毕竟是见过大场面的人，高喊道："大胆贼人！先吃我一枪！"说着便冲向敌军，直奔完颜活玄。完颜活玄一看，马上挥刀迎战，二人大战几个回合，完颜活玄抵挡不过，回头便跑。种师中率部队追赶到一半停了下来，他要在这儿等待与姚古、张颢的部队会合，但始终没看见有人来。原来姚古杀到熊岭，误信金军的谣言，以为种师中战败，当时又正好碰上金军的援兵，所以吓得惊慌逃走。

种师中连最后的希望也没了，他知道自己凶多吉少，这一生他都在为朝廷卖命，把保卫国家、保护人民当作自己的天职，早就把生死置之度外了，于是下令与金军决一死战。这时，只听见四周的呼喊声、锣鼓声混成一片，宋军被金兵团团围住，只见金军首领一个手势，敌人便一齐冲了上来，不到几小时，宋军全军覆没。种师中遍体鳞伤，用尽最后一点力气举起长枪刺向金兵，最终战死沙场。可怜种老将军，英勇尽忠一辈子，而今却死在了金贼手里。种将军虽然输了熊岭一战，但他的英雄气概仍然令敌军后怕。

熊岭大战，宋军大败，金人更加无所顾忌，要求宋钦宗亲自出城讲和。宋朝为了保护钦宗安全，派李处权前去，没想到却惹火了金人粘罕。傍晚时分，粘罕开始攻城，火炮震天，箭如飞蝗，杀得宋兵七断八截，各自逃生。情急之下，宋钦宗连夜召回大将张叔夜和他的儿子，共三万多人，与金军周旋。

说来也巧，张叔夜军队回来时，迎面遇见完颜活玄，张叔夜没有半点犹豫，挺枪直刺完颜活玄。二人打得难分难解，只听"啊！"的一声，完颜活玄重重地摔在了地上，当场就死了，原来是被叔夜一枪封喉。此后，张叔夜父子与金兵恶战了三天三夜，疲惫不堪，可恨的是金军大队人马陆续赶来，叔夜父子终于寡不敌众，让金兵杀进了京都。城里火光照耀，夜里就像白天一样，敌军鼓声不断，敲得大宋百姓人心惶惶，无处躲藏。京都沦陷，金军目的已经达到，于是要求"讲和"。

金国嘴里的"讲和"，就是要宋国皇子做人质，瓜分大宋的土地。现在宋钦宗终于后悔当初不听种师中的劝告，放虎归山，留下祸害，但是一切都晚了。宋钦宗派了刘韦合去谈判，金军首领粘罕得知刘韦合是个人才，于是非常客气地将他迎请进来，用最好的酒菜款待他，希望能以此收买刘韦合。刘韦合明白粘罕的意思，心中感慨："如果大宋皇帝能这样对待忠臣，也不至于有今天。"

虽然刘韦合心中难过，但仍然拒绝了粘罕的邀请，他说："俗话说得好，好女不嫁二夫，忠臣也不能效忠两位君主，谢谢你看得起我，看样子今天我只有一死才能对得起你和我大宋的皇帝了。"说完便自杀了。粘罕一看，刘韦合果然是大丈夫，可惜可惜！他立即派人将刘韦合好好安葬，接着亲自带兵去京都了。

而金兵所到之处，杀淫掳掠，无恶不作，家家户户不敢出门，就连皇宫也被洗劫一空，值钱的东西没剩几件。更过分的是，金兵到处抓那些不到十八岁的年轻姑娘，没几天就抓了一千五百多人，打着填充后宫的旗号，凌辱良家妇女，搞得城中百姓家破人亡。金国使者更将金国皇帝的榜文挂在城墙上，明目张胆地索要黄金一百二十万两，白银一百五十万两，并要求立刻支付。可如今国库已空，百姓连吃饭都成问题，哪儿来的钱啊。金人可不管那么多，挨家挨户地搜，凡是藏了宝贝不交的，杀全家。

宋钦宗见此惨状，也后悔，也心痛，仰天长叹："是我连累了百姓受苦啊！"可这时说什么都晚了，金国皇帝除去了宋钦宗的皇帝称号，并将他撵出东宫，三番四次派人威胁他亲自去金营谈判。事情紧急，宋钦宗再不去恐怕连命都保不住了。说是讲和，其实就是走个形式，天下哪有这样的好事，打了败仗还能平起平坐的？无奈之下，宋钦宗答应了金国所有要求，并同意退位，但这一切并没有换来安乐的日子。如此一来，金人更加猖狂，甚至挖了汉人祖宗的坟墓，将尸体扔到荒山野岭，而用棺材装饲料喂军马，临走前还残忍地烧毁无数村庄。

第四回

徽钦二帝别故土

宋钦宗回到宫中，看见老皇帝正焦急地等他回来，二人忍不住抱头痛哭。大宋江山毁在他们父子手里，也确实应该反省一下，宋钦宗和老皇帝商量，把皇位传给弟弟康王，也算保住了祖业。这时，康王的母亲也在场，她觉得金国不可能放过皇家的子孙，眼下最重要的是赶快召外地军队前来救援。

三人话音未落，金国就派来使者，请两位皇帝前往金营，至少宋钦宗一定要去。第二天，宋钦宗来到粘罕的住处，粘罕也没客气，直接说："大宋的皇位谁来坐，我们金国皇帝自有分寸，这事你就不用操心了！"说完派人将宋钦宗带到一个小黑屋，屋内十分简陋，屋外有金兵把守，很久才有人送来饭菜。任凭宋钦宗叫破喉咙，也没有人答应，他这才知道自己被金国软禁起来了。这以后，宋朝皇室成员一个接一个被抓进金营，相互隔离不让见面。就在这寒风刺骨的季节，金人逼迫宋钦宗和老皇帝换上普通衣服，逼两位皇后穿上平民的服装。这一幕正好被宋臣李若水看见，他气坏了，边哭边骂："你们这些混账东西！侮辱我大宋皇帝，如果我手里有兵器，必定要你们的狗命!"金兵一听,笑道:"你们皇帝都不敢出声,你一个奴才竟敢口出狂言。"说完将李若水拖出去一顿暴打。

金国主将粘罕正好看见,立刻叫人停手,并跟李若水好说好商量,劝他投降,享受荣华富贵。但是,一想到金人侵占大宋土地,欺凌大宋子民,李若水只有一腔愤怒,他秘密交代随从以后见到他的父母,不要告诉他们自己遇害的事,只告诉他的兄弟就可以了,看样李若水是打算以身殉国了。没过几天,李若水在痛骂金人之后,便被割舌杀头了,当时他只有三十五岁。

此后不久,金粘罕让宋臣张邦昌建立了傀儡政权,催促大宋两位皇帝北上到金国的地盘,其实就是去做人质。上路那天,北风呼啸,吹得路旁枯枝摇摇欲坠。曾经享尽荣华富贵的天子、皇后,如今吃的是粗茶淡饭,穿的是粗麻布衣,背井离乡,留下的也只有两行泪水和一肚子的酸楚。一路上,钦宗的皇后受不了被人欺负的生活,自杀了,年仅二十岁。

金国皇帝封宋徽宗为昏德公,宋钦宗为重昏侯,并命令他们去灵州。两位大宋皇帝又在炎热的夏天里长途跋涉,每走一步都十分辛苦,终于到了灵州,一看傻了眼,城中一片荒凉,家家户户又残又破,周围只有沙漠,真是到了鸟不拉屎的地方了。他们刚要歇歇脚,只见有个人从远处匆匆忙忙地跑过来,这人一进门就跪下来,说:"我本来是汉人,在大宋与西夏打仗时和父亲一起被俘虏,后来在攻打金国时又被抓住,没办法只好投降,现在是灵州的总管。因为这里离大宋不远,听说自从你们离开京都后,大宋的情况有点好转,希望陛下不要灰心!"

两位皇帝一听,心中暗暗高兴,并试探问:"你是大宋的好子民,现在有件十分机密的事要你去办,如何?"这人赶忙磕头哭诉:"父亲和我当了俘虏,对不起陛下,如果给我机会报答祖国,我愿赴汤蹈火!"宋帝看他一片真心,就派他去宋国送一封信,交给康王,让康王复兴大宋。要说这次皇帝还真没找错人,这个灵州总管真是又勇敢又机智,把事情办得很漂亮,康王顺利接管了大宋。

不久,金国皇帝又起了侵宋的念头,并派太子斡离不亲自率兵。斡离不更是心情迫切,对营中将士们说:"现在正是秋高马肥的时候,最适合打仗了。"说完便吩咐下去,历史的悲剧又重新上演了。

而康王这边,自从父亲和哥哥离开后,他日理万机,现在突然听说金兵又杀来了,是吃也吃不下,睡也睡不着。他没有忘记从前的教训,不想去金营谈判,万一自己被金兵掳去,大宋的江山就再没人可以托付了。可是左思右想,没有别的办法,只好与大臣王云一起去金营讲和。

就在康王等人经过相州时,大将军宗泽得知,急忙跑去迎接,并劝阻康王说:"这一路上,谁来保护殿下?""王云,就是他建议投降的。"康王答。宗泽更急了,高喊着:"王云他就是个女人,哪知道分寸!"王云一听,刚要狡辩,就被众将士杀死了。康王在宗泽的劝说下,没去投降,而是一个人骑马秘密返回京都。金国得知此事,增加人手连夜追赶。

康王逃离相州后,害怕金兵从后面偷袭,所以只走大路。到了磁州边界,看见路边有一座古庙,长满树木非常凉快,抬头一看,上面写着"崔府君庙"四个大字。进去后,康王累得靠在一边就睡着了。不一会儿,只见几十个人破门而入,举着火把四处搜索。康王在半睡半醒中,隐隐约约听见有人说:"庙里没人,肯定是走远了,快追!"说完一起跑了出去。康王慢慢坐起来,揉了揉眼睛,一看身边没人,庙内也特别安静,松了口气准备接着睡觉。不料忽然有人大声喊道:"快起来上马,追兵回来了!""没有马怎么办?"康王问。"马已经准备好了,大王快走!"康王赶紧起身奔出庙门,星光之下果然看见有一匹骏马站在门口,康王纵身一跃,猛挥三鞭,飞腾而去。

天还没亮,康王就已经到了夹江。远远望去,江上大浪滔天,康王一咬牙,抓紧缰绳,使劲抽了一鞭,马儿居然飞了过去。但是到了对岸,马儿一直站着不走,直到天亮,康王仔细一看,惊呆了,原来这马是崔府君庙门前的泥雕!康王急忙问路,过往的农民说:"这是磁州。"康王一算,自己一天竟跑了七百多里,这怎么可能?一定是有神灵帮助!于是,康王泥马渡江的故事也成为民间佳话。

第五回

岳飞离家赴军营

再说康王渡过夹江，一路不敢停下休息，但实在又饿又渴，只好走进一个村庄。一位老太太迎面走来，主动邀请康王到家里休息，然后就去邻居家借火。康王等了很久不见老太太回来，心里直犯嘀咕："该不会有什么事吧。"正想着，老太太回来了，问康王从哪来，康王假装成商人的样子。但是老太太不紧不慢地说："你不是商人，而是亲王吧！几天来一直有金兵问康王是不是来过，我告诉他们，康王两天前就走了，你们追不上了。"康王一听，知道误会了老太太，放心留下休息。临别时，老太太还给他一些路费，嘱咐康王回到京都重新振兴大宋。康王紧紧握住老太太的手，感动得说不出话来。而这位深明大义的老太太不是别人，正是李若水的母亲，国仇家恨早就深深地刻在了她的心里。

康王知道责任重大，一刻不敢耽误，一路上招兵买马，号称天下兵马大元帅，以汪伯彦、宗泽为左右手，没过几天，来自四面八方的英雄豪杰便聚集在相州，前后来了大约一万人，准备一起去京都开封援救。这次英雄大会真可谓是能人辈出，就说相州汤阴有个名叫岳飞的人，字鹏举，祖上都是农民。父亲岳和勤俭节约，乐善好施，从不跟人争什么。母亲姚氏非常贤惠，传说她生岳飞时，忽然天边飞来一只大鸟，落在屋顶，所以给岳飞取名鹏。岳飞还没满月的时候，天天下暴雨，导致黄河发大水，死人无数。而岳母抱着幼小的岳飞坐在缸里，一直被冲到岸边，一点儿也没伤着，真是奇迹。

虽然岳飞从小不爱说话，但学习勤奋，特别喜欢读《左氏春秋》和孙、吴兵法。他天生具有神力，十二岁就能拉动三百斤重的弓。有一次，周同找了不少人去野外比试射箭，连中三箭后，指着箭靶对岳飞说："这才叫射箭呢！"岳飞看着也手痒，于是后退一百多步，左手拿弓，右手拿箭，虽然距离很远，但只听"嗖嗖嗖"三声，全部射中靶心，旁边所有人都看呆了。周同惊叹："好箭法！今后你一定能有一番大作为！"从此，岳飞拜周同为师，得到周同的真传，左右手都能射箭，而且百发百中。周同死后，岳飞还时常来到他坟前悼念。

到了靖康年间，金人侵略，宋军无能，盗贼势力很大，一些绿林好汉也都来拉拢岳飞，却都被岳飞严词拒绝："大丈夫应该光明磊落，报效国家，怎么能做盗贼！"于是在后背刺上"精忠报国"四个大字，以表决心。后来，岳飞听说康王在相州招兵，由于父亲已经去世，便让妻子在家照顾老母，自己来到宋营。首领刘浩立刻在人群中发现了岳飞，两人互相对视几秒，岳飞上前一步说："我叫岳飞，家在汤阴，离这儿七十里，得知康王招人，一刻也不敢耽误就来了，恳求你收下我吧！"刘浩第一眼就很喜欢他，问："你想当什么官？"岳飞坦白说："我来只求保家卫国，至于当什么官，我不在乎。"刘浩一听，

岳飞英武射箭图

特别高兴，没想到眼前这位青年不但眉宇间透着英气，居然还有这样的雄心大志，于是连忙走下台阶，将岳飞请了上来，激动地说："早就听说过你，今天一见，的确不一般，这真是大宋和百姓的福气啊！明天一早，我就禀告康王重用你。"岳飞急忙拜谢，退下。

刘浩说到做到，第二天，康王见岳飞英伟非凡，身材魁梧，非常高兴，便马上派他去磁、相二州的交界地抓捕盗贼。岳飞带领几百名将士刚出相州，就遇到以吉倩为首的贼人在抢老百姓东西。岳飞吩咐部队原地等候，自己带了四个人先冲过去。只见他一路冲杀，很快到了吉倩跟前，贼人不知道来者何人，一时间慌了手脚。岳飞没有再挥动兵器，而是下马喊道："现在国家有难，康王率领天下兵马援救京城，这正是你们立功的好机会，报效国家不但能过上好日子，还能留下好名声，子孙后代都跟着光荣。但是如果你们继续做贼，康王会派大部队来消灭你们，到时候你们的亲人还能活吗？听我一句劝，跟我一起杀金人去，那才是我们真正的仇人！"

贼头吉倩早就敬佩岳飞的英雄气概，知道他说的句句是真，便客气地把岳飞请进屋，喝酒聊天。岳飞大丈夫坦荡荡，二话没说就答应了。吉倩看岳飞是条汉子，也说了心里话："人家康王招的都是英雄豪杰，我们是贼，去了也是死路一条，不如先躲在这儿算了。"岳飞严肃起来，拍着吉倩肩膀说："好人、坏人康王分得很清楚，谁敢动你们，军法处置！我岳飞可以用脑袋担保你们没事！"吉倩终于答应，带手下归顺朝廷。

就在此时，人群中突然冒出一个人来，高喊着："吉大哥不要听他胡说，白白去送死！"说完，一拳打向岳飞。说时迟那时快，岳飞一气之下，一拳打中贼人左眼，那人顿时血流满面，眼珠突出来，应声倒地。接着岳飞左手扯住吉倩衣领，右手拔剑，对着吉倩说："你要是改邪归正，咱们就没事，要是有半句违抗，今天你就要死在我手里！"吉倩吓得扑通一声跪下投降，其余贼人也放下兵器，共三百八十多人跟随岳飞投奔康王。

岳飞不损一兵一卒就完成了任务，康王十分满意，给岳飞封了官，并将吉倩等人交给岳飞管理。从此，吉倩就成了岳飞手下最勇猛的将士之一。

第六回

宋高宗金陵即位

　　除了各路英雄,宋军也从四面八方赶来,康王的队伍越来越强大,振兴大宋终于有了希望。但是,就在康王率领的大军要过黄河时,发现河水还没有冰冻,人和马都过不去。将士们着急上火,却没有办法。只见康王走下马车,向天地河神祈祷:"为了父亲和哥哥早点回来,为了老百姓不再受苦受难,请祖宗、天神显灵,让河水结冰,我们好过去!"说完,天空顿时乌云密布,大风吹得人和马都东倒西歪,好像天要塌下来似的。几分钟过去,风突然停了,乌云也随着散开,再一看黄河,已经冻得结结实实,就算再多的人马走在上面都没事。

　　顺利渡过黄河后,康王大军来到开德地界,忽然看见山坡上插满军旗,仔细一看,原来是大将军宗泽的两千多人马。康王与宗泽好久不见,非常激动。这样一来,算上宗泽的部队,还有杨祖的一万人马,王麟的一千人马,队伍又壮大了。同时张竣、苗傅、杨沂中、田师中的部队也都正赶来。康王正高兴着,忽然听人报告:"金军杀来了!"那么,派谁去迎战?康王想到了岳飞。而岳飞也充满信心,对吉倩等人说:"金兵

24

打了几场胜仗就乐得不知道东南西北了,他们虽然人多,但没几个厉害的,你们明天打头阵要用全力!我在后面夹击他们,一定能赢!但谁要是不听命令,斩立决!"于是吉倩吩咐手下准备战斗。

第二天,岳飞率领大军前往李固渡,并在附近摆开阵势,远远就看见河边上插着金国军旗,但是没有金兵。岳飞心想:"金贼这是知道我要来,故意没有动静,等我过河时再偷袭我啊。"于是传令下去,让大军先留下,等自己把敌人引出来后再一起上。话音未落,只见沿岸有人挥动着金旗,一名大将骑马过来。此人一脸胡子,皮肤黑得跟煤炭似的,眼神充满杀气,原来这就是完颜帖木儿,老远就听他喊:"不怕死的宋兵,还敢来与我抢地盘!"岳飞非常镇定,立刻下令迎战。霎时间,宋旗满天,一人首先冲了出来,此人不是别人,正是吉倩。吉倩不愧是贼头,举起长枪直刺向敌人,完颜帖木儿也立刻拍马,手举大刀上来迎战。两人打了不到十个回合,完颜帖木儿就招架不住,狼狈而逃。

吉倩追上,就在金营旁边,只见完颜帖木儿向天空放信号,忽然冒出无数金兵,将吉倩包围。吉倩一看大事不妙,立刻掉头回去,完颜帖木儿哪肯放过他,紧追不舍。幸好路上岳飞及时赶到,给完颜帖木儿使了个假动作,引他往东南方向追去。岳飞一看敌人中了圈套,猛地一枪刺过去,完颜帖木儿还没来得及躲闪,就跌下马,只见他眼珠突起,脑浆直流,死得很难看。金军的头儿死了,剩下的就像一盘散沙,岳飞成功拿下了李固渡。

　　康王知道后,给岳飞升了官,命宋军过李固渡,进入大名府。就在此时,京都又传来急报,要求援助。但现在康王的部队还没到齐,只好派刘浩先去。谁都知道这一趟是九死一生,但是岳飞偏偏抢着要去,康王见他身材高大,有勇有谋,能文能武,就封岳飞为先锋、刘浩为主将,率领十万人马立刻动身。

　　刘浩将部队分成三队,岳飞走在最前面,第一个到了黄河北岸,刚要停下休息,没想到黄河已经结冰,金军忽然打过来。岳飞知道金兵人多,硬拼不行,他灵机一动,想出虚张声势的妙计。趁着金军大部队还没来,也不知道宋军有多少人马,先给他来个下马威。于是岳飞单枪匹马杀向敌人,一刀正好砍到金军大将的刀上,二人你推我挡,都占不了上风,正在此时,岳飞一鼓作气,再发神力,猛地一下,将金贼的头连带帽子一起砍了下来,金兵一看傻了眼,哪还敢战,结果大败而逃。岳飞总能在最关键的时候,一马当先,勇敢杀敌,这气势真是谁也抵挡不住。

　　再说当时金国方面,派吴开、莫俦到京都与各位大臣商量找谁来做大宋皇帝。最后,张邦昌在金人的支持下当了皇帝,国号大楚。但实际上他只是装装样子,权力都在金人手里。而且张邦昌也不得人心,康王的势力越来越大,张邦昌害怕金人走后,没人替他撑腰,大宋的老百姓还不把他吃了!于是他前思后想,还是派人去迎接康王来南京即位,也就是今天的河南商丘。这年五月份,在大臣的拥护下,康王顺利登上皇帝宝座,改年号为建炎,大赦天下,后人称他为宋高宗。

宋高宗当上皇帝后的第一件事就是惩罚奸臣蔡京、童贯、王黼、朱勔、孟昌龄、李彦等人和他们的子孙，同时还冤屈的忠臣以清白，封元祐皇后为元祐太后，任命李纲为宰相。李纲几次被罢免官职，现在得到高宗的重用，心中充满感激，为这个新皇帝出了不少好主意。就在此时，进来一人，正是去河北公干的张所。张所不仅带回来十七万人马，还提醒高宗："黄河以东、以北都是大宋的根本，不能被金贼霸占，陛下应该回京都开封，既可以供奉祖宗，又能够安定民心，况且一个国家强不强盛，不在于都城在哪儿，而是要君臣一条心，共同努力！"宋高宗虽然感动，但最终还是被奸臣左右，没能回到开封。

还好皇帝身边还有个忠臣，这就是李纲。李纲虽然做了宰相，但一直不见高宗找他办事，于是进宫，鼻涕一把泪一把地将一肚子的苦水全都倒了出来。高宗也知道这些年难为他了，以前父亲、哥哥当皇帝时，李纲出了不少力，也没得到好结果，于是安慰他，将国家大事都交给他处理。李纲也没有辜负高宗对他的信任，立刻想出了管理国家的方法，那就是：下令加强防范，训练士兵，重新制定法律；惩罚叛徒，尤其是张邦昌，奖赏忠臣；真正走进百姓，关心百姓的疾苦；告诉天下人皇帝要振兴大宋，跟百姓团结一心。

第七回

宗泽与岳飞谈兵

高宗基本采纳了李纲的建议，并下令尽快实施。但对于张邦昌，迟迟没有处罚。李纲一看急了，说道："张邦昌当初靠金人撑腰，背叛祖宗，如果不拿他开刀警告天下，那谁还会对国家忠心？况且张邦昌知道自己没戏了才归还皇位，实在是个小人，要我与这样的人相处，我宁可不做这个宰相！"说着跪拜皇帝便要退下。高宗连忙叫住他，询问意见，李纲只说了一个字："杀！"后来，高宗将张邦昌等人贬到偏远地方杀死，赐刘韦合、李若水、霍安国等人名分，并派张所、傅亮到河北、河东把守，李纲留在身边。

而此时，宗泽接到命令立刻赶往京都开封，一路上看见村民的房屋破得只剩下半边墙，强盗四处作案，百姓吃了上顿没下顿。一打听才知道，自从金贼来过后，弄得农民无法种地，几年来就成了现在的样子。宗泽强忍住眼泪，下令以后再有人骚扰百姓，就按军法处置，并带领官兵帮老百姓修墙盖房，重建家园，深受当地百姓爱戴。

宗泽除了宅心仁厚，还特别喜欢招揽人才。就说河东一个有名的强盗叫王善，此人可不是好惹的，一般人见了早吓得找个地缝躲起来。朝廷一直想剿灭他，但苦于没人敢去，就把这事推到了宗泽身上。宗泽担心打起仗来，倒霉的是老百姓，况且若能劝王善归顺，岂不是更好？于是决定只身一人前去。王善一听宗泽一个人来了，是既佩服又感动。两人一见面，宗泽看王善长得很有气质，不像坏蛋，于是以礼相待。本来王善等人也不是生来就做贼的，他们原本都是普通老百姓，与家人相亲相爱，勤劳生活，后来金贼入侵，才逼上梁山。此刻，宗泽不但没有嫌弃他，还处处为他着想，感动之余，王善发誓劝服附近山寨所有兄弟一起投降，共有三十多万人马。就这样，宗泽再次立下大功，深得高宗的赏识。

任务完成，就在宗泽准备回京时，忽然看见台阶下跪着一个人，这人居然是岳飞！因为岳飞部下与百姓争雨衣，触犯了纪律，所以岳飞被押来受罚。宗泽知道岳飞是个难得的人才，现在金兵攻占开德府，情况紧急，于是给他机会将功赎罪。岳飞领命率五百人马，带部下张宪、吉倩等人上阵杀敌，结果大胜，不但没有受罚，还升了官。此后，岳飞常常与宗泽一起讨论带兵打仗的事，宗泽非常看好他。

一天，就在宗泽安排军事时，突然传来金人快到曹州的消息，情急之下，岳飞自告奋勇奔向战场。金兵人多，岳飞知道不能鸡蛋碰石头，于是摆开阵势，自己举起长枪，拉住缰绳，停在宋旗下，叫嚷着要与金贼一比高低。话音没落，敌军中冲出一名手拿大刀，红头发黄眼睛的大汉，这人长得古里古怪，但是身体健壮，这就是斡离蒲卢。岳飞与斡离蒲卢刀枪相接，不分上下，最后斡离蒲卢力气不如岳飞，拍马就跑。

岳飞放下长枪,拉满长弓,一箭射中斡离蒲卢的后背,连人带衣服都穿透了,当场死亡。岳飞又战胜了金贼,不但自己升了官,还奖励了有功的将士。

岳飞的英勇谁都知道,但他只会打野战,经验太少。宗泽一心想栽培他,于是送给岳飞一本书,里面都是打仗用兵的妙计。岳飞双手捧着,十分珍惜,每次读完都会找宗泽说说感想。他认为打胜仗的关键在于随机应变,杀敌人个措手不及,而不是照搬书本,死记硬背。宗泽一听有道理,高兴地拉着岳飞的手说:"说得对!我已经很久没有遇到你这样的知己了,今天真是痛快啊!"于是两个人像老朋友一样,边喝酒边聊天,非常兴奋。之后,宗泽让岳飞经常给军中将士们上课,教大家怎么打。

但是好景不长,自从宋高宗当了皇帝,虽然由李纲主持大局,但高宗很听奸臣黄潜善、汪伯彦的话,在南京吃好的,喝好的,不想回破破烂烂的京都开封。宗泽知道后着急啊,皇帝在哪儿,哪儿就是中心,不回开封,就是不要京都了,那金人就会进一步侵略大宋的土地。于是他连夜找岳飞打算去劝劝皇帝。

第二天一早,高宗看到岳飞的信,信中句句实话,处处为皇帝、大宋着想。但是,黄潜善等人跟宗泽不和,在皇帝旁边吹歪风,说岳飞越级办事,芝麻大的小官也敢管皇帝的事,于是高宗下令摘了岳飞的乌纱帽,让他回家种田去了。没办法,大宋皇帝一个个都是过河拆桥的人,也难怪朝廷上小人得志,忠臣受罪了。

再说岳飞被罢了官,心里虽然难过,但还是劝手下人不要恨皇帝,要继续练兵打仗,保卫国家。其他人还好,但是宗泽真是伤透心了,岳飞是他一手提拔上来的,与他一见如故,亲如兄弟,现在岳飞走了,再没有人能与他谈心,与他痛快喝酒了。但是没办法,君让臣死,臣不得不死,何况让你回家呢!岳飞临走前,最后一次与宗泽开怀畅饮了一番,然后就头也不回地上路了,宗泽看着岳飞的身影越来越远,心中一阵酸楚。一路上,岳飞回想起当初在相州投奔康王时的兴奋,再看看现在,居然落得如此下场……这段军旅生涯是他一辈子都忘不了的。

此时正好是秋天,一路上尘土飞扬,花草树木都已枯萎,马儿走得很慢,落叶漫天,此情此景更增添了岳飞心中的悲凉。就这样过了几天,岳飞终于回到家,看见满头白发的老母亲,扑通一声就跪下了,哽咽着说:"孩儿不孝,这么久都没来看望母亲!孩儿无能,被皇帝免职回家……"岳母一边扶起他,一边慢慢说道:"孩子,朝廷用你就去,不用你就回来,你当官是效忠皇帝,效忠国家,现在回家侍候我也是尽孝道,一样是好孩子。"岳飞得到母亲的安慰,心里好受许多,但心里还是惦记着边防战事。

第八回

张所招兵岳飞归

　　岳飞想的没错，没过多久，金国斡离不病死，金太宗十分伤心，加上听说康王在南京做了皇帝，废了张邦昌，一气之下派大太子粘罕为大元帅，攻打京都所在地河南。同时派四太子兀术为左副元帅，娄室为右副元帅，各率领四万兵马，分别从燕山过河攻打山东、从同州过河进攻陕西，一共十二万人马，分三路进攻。消息传到高宗耳朵里，他急忙下令派张所去招揽将士，壮大队伍，紧急应敌。而张所经过相州时，忽然想到被贬在家的岳飞，于是派人请他过来。张所一见岳飞，便被他的英雄气概所吸引，马上恢复了他的官位。

　　岳飞当然特别惊喜，他没有想到自己还能回到军营，这段时间以来，岳飞虽然身在家中，可心却始终在军营。于是岳飞再一次告别老母亲，第二次踏上参军的路，他以前的手下也一个个跟随报名，张宪、王贵、任士安、董先、姚政、郝昂、孟邦杰、梁兴、董荣、赵云、李进、牛皋、张峪、王刚、胡青、刘遇、王进，都在其中。

张所有了岳飞的帮助,喜出望外,第二天就邀请岳飞一起喝酒谈兵,将心中的疑问一一说出。岳飞告诉他打仗最重要的就是谋略,有了用兵打仗的智慧,就赢定了。张所连连点头,问道:"现在金人入侵,应该怎么对付?"岳飞心中早已有数,答道:"最关键的就是河北,它就像人的手脚一样重要,金银珠宝可以不戴,绫罗绸缎可以不穿,但手脚不能没有啊。现在河北是大宋与金国争夺的重要地方,一定要派一个有才干的人去把守,万一有什么闪失,也好早做准备。要是河北沦陷了,河南也难保住。"

岳飞认为:河北土地一丝一毫都不能丢失,有了土地才能耕种,才能养兵、养民,有了百姓才能建设,有了士兵才能保卫国家,这才是长久的办法。可童贯那帮奸臣不那么想,一点儿也不重视边防,金兵打过来了,就拿老百姓的钱去讨好,再不行就割让土地,好好一个地方最后变成荒凉的空城,他们自己倒是一走了之,扔下个烂摊子让老百姓受苦。而且金贼的野心越来越大,让他们吃到甜头肯定变本加厉,一步步吞掉大宋。虽然朝廷现在开始招兵买马、计划对策,但河北一带还是金人的天下,如果拿不下河北,那么汴京也保不住,到时候就再没有什么能阻挡得了金兵入侵了。岳飞的想法正合张所心思,于是张所任命岳飞为武经郎,统领一队人马跟随王彦渡黄河招兵抗敌。

当李纲知道招兵进行得很顺利时,趁机劝皇帝:"当年曹操可以用民兵大败袁绍,现在陛下也可以用这些绿林好汉上阵杀敌。"高宗便下令所有投降的盗贼,愿意从良的就回家,愿意参军的就留下,并且选择强壮有才干的人封官任职。但是,并非所有的盗贼都愿意归顺朝廷,就像淮南的大贼杜用,山东的李顺、杨进,都仗着拥有几万兵马坚决不投降。李纲觉得情况不妙,向皇帝禀告:"不铲除这些祸害,他们会继续骚扰百姓,那样的话恐怕朝廷也没心思练兵打仗了。陛下可以下令先杀他一个头目,其他人害怕,肯定再不敢与朝廷作对了。"高宗觉得可行,便答应了。

高宗首先派王渊率领一万大军向淮南前进,也就是今天的安徽。眼看就要到边界了,王渊下令原地扎营,吩咐全军上下睡觉也要穿着战衣,拿着刀,随时准备迎战。而山贼杜用以为宋军大老远地赶来,肯定疲劳过度,计划趁机偷袭,轻松取胜。于是带着一千个人连夜下山,只留下郭兴镇守山寨。那天晚上夜黑风高,杜用等人悄悄离开五虎山,远远就望见宋营还有亮光,忙派一个无名小卒前去打探。小卒回来报告,说没发现情况。杜用笑道:"哈哈!好个朝廷精兵,中我的计了吧!"说完命令手下分前后两队杀进去。其实宋军早有准备,就等着杜用往陷阱里跳呢。等杜用明白过来已经晚了,王渊取了他的人头,同时火烧山寨,郭兴等贼寇也被一网打尽。这次行动王渊完成得非常漂亮,在回京都的路上他受到各地官员的热情接待,美酒佳肴,欢声笑语,真是其乐融融。

与此同时,各路剿匪的部队也都胜利回到京都,只有丁顺、杨进两个贼头没有收服。虽说有一点遗憾，但高宗还是很欣慰，赏赐了将士们金银珠宝和官位。李纲一看高宗心情不错，于是又趁机劝皇帝重返京都，稳定民心。高宗终于架不住李纲的劝说，颁下圣旨，告诉天下人他十分挂念京都的列祖列宗和黎民百姓，不久就会带着皇室一大家子返回京都开封，是生是死都与百姓一起。老百姓个个感动得痛哭流涕。

第九回

宗泽约张所出兵

　　宋高宗带着亲信大臣李纲、潜善、伯彦等人打算一起过黄河回京都,一路由傅亮率兵保护。但是潜善、伯彦二人跟李纲一直不和,你说东我就说西,看皇帝听谁的。傅亮、张所又都是李纲介绍来的,所以潜善、伯彦经常在皇帝面前说他们的坏话。这不,傅亮知道河北金兵多,担心皇帝出事,就犹豫该不该过去,皇帝也没有主意,这时潜善、伯彦就过来添油加醋,打小报告,说傅亮胆小怕事,没本事打败金军所以才不敢往前走。李纲看了心想:你们这两个小人,真是祸国殃民,看你们能有什么好下场!李纲虽然生气,但又不能把潜善、伯彦怎么样,于是走到皇帝面前,用脑袋担保傅亮的为人,并说明潜善、伯彦等人是跟他过不去,才三番五次为难这些将士,因此,他请求皇帝允许自己辞官回家,免得大家不团结耽误战事。

　　李纲说完一边擦着眼泪一边往外走。宰相走了,这可是大事,但是大臣们你看看我,我看看你,谁都不说话,只有陈东一人去挽留李纲。最后不但人没留住,连陈东也被潜善、伯彦给诬陷死了。从此,潜善、伯彦一手遮天,没人敢说他们半句坏话，所有李纲处理的事情也都彻底推翻，重新安排。

李纲的事很快就传到了宗泽那里，一切都是金兵入侵引起的，于是他立刻派人去约张所，共同出兵抗敌。张所接到信后，马上派王彦和岳飞先去拦住金兵。但是王彦一看金兵人高马大，数目众多，就没敢往上冲，而是原地安营扎寨，观察情况。岳飞急了，都什么时候了，还前怕狼后怕虎的！于是岳飞埋怨王彦说："现在老皇帝他们还都在沙漠吃苦，金贼都打到家门口了，咱们再贪生怕死，犹犹豫豫的，还对得起皇上，对得起百姓吗？"但是不论岳飞怎么说，王彦就是不进攻。岳飞看没得谈了，拔出宝剑起身就走，并亲自率领一千人马先去打探金兵的虚实。

远远望去金兵黑压压的一片，人真的很多，连岳飞的手下张宪、王贵看了都有点儿害怕，这简直就是去送死啊。岳飞看出了他们的心思，说："你们别看金兵人多势众，但一点规矩都没有，军中肯定没有像样的大将，放心吧！"说着他命令部队停下，自己先冲过去。只听见两边的军鼓敲得震耳欲聋，场面动人心魄。岳飞是什么人啊，那可真是万里挑一的勇士！有胆识，有智慧！岳飞一出马，直接奔着金人首领杀过去，一打就是几十个回合，岳飞左冲右挡，看准机会，使出神力一举拿下金兵首领的头颅，抢过金军大旗，向等待一旁的宋军挥舞。张宪、王贵一看成功了，一拥而上，打败金贼夺回了地盘。回到军营，岳飞并没有太多喜悦，而是提醒部下："今天只是小胜，以后谁要是贪生怕死，不敢往前冲，耽误了时机，立刻砍头！"各将士遵命，回去备战。

岳飞斩将搴旗大振军威

第二天天还没亮，北边金兵就满山遍野地向宋营进军，鼓声在十里以外就听见了。宋军早就做好准备，个个视死如归，岳飞首先率领五百骑兵，杀入敌军。张宪、王贵各带人马，从两边进攻，这一仗从早上打到中午，双方都使出全力。但是金国哪有像岳飞这样勇猛、智慧的将军啊，最后肯定技不如人，以失败告终。然而，岳家军为这场胜利也付出了沉重的代价，宋军上下都受了重伤，连岳飞自己也身中十几箭。

这天夜里，所有宋军都在休息养伤，忽然从帐外传来急报："金贼杀过来了！"众将士立刻吓得坐了起来，这可怎么办？现在别说是打仗，就连站起来都困难。岳飞一听，沉默几秒，大声传令下去："任何人不许乱动，不听话的立刻斩首！"岳飞这招既是为了稳定军心，更是为了骗走敌军。果然，金贼看宋军没有动静，害怕是岳飞设了陷阱，愣是没敢往前走。岳飞就是看准了敌人的心理，临危不乱，才保住了将士们的性命。因此后来有人说："动摇太行山容易，可要动摇岳家军，那真是难上加难啊！"自此以后，宋、金两军都消停了几天，再没有出兵。

但是岳飞军中的粮食越来越少，如果去找王彦，怕金贼跟踪，要是跟金贼硬拼，又担心他们人多，打不过。没办法，只好先派人去王彦那儿要点粮食，应应急，没想到王彦不但胆小，还很自私，硬是一粒儿米也没给。难道眼睁睁看着将士们困在这里饿死？岳飞一生气，决定率领部队去太行山上的金营抢粮，所有士兵一呼百应。老天有眼，岳飞大胜，获得马匹、干粮不计其数，真是大丰收啊。金人的粮草被抢，主将黑风大王知道后，气得亲自带兵挑战岳飞，但他哪是岳飞的对手，黑风大王变成黑风小鬼了。

岳飞打了胜仗，不但杀敌无数，还夺了粮草，他怕王彦知道后嫉妒，于是直接回京都，再到汴京宗泽那里报到。宗泽见到岳飞喜出望外，两个大男人激动得像孩子一样，回想过去他们把酒当歌，彻夜谈兵，仿佛就是昨天发生的事。现在岳飞回来了，两人把以前那些不开心的事都忘了，而且岳飞也因为这次的表现被升了官。

第十回

粘罕京西大战

但是，岳飞与宗泽并没有高兴太久，高宗皇帝在潜善、伯彦等人的唆使下又决定不回开封了，而是去扬州避难，这就等于是放弃中原，自动投降了一样，这件事可是非同小可！岳飞与宗泽商量后，派人给皇帝带了封信，苦口婆心劝高宗委派能人，主动抗敌，而不是一退再退，失去民心，放弃江山。可是，有潜善、伯彦这帮奸臣在，皇帝只退不进，坚持去扬州避难。

这些事儿金国皇帝自然也是一清二楚。宋高宗前脚走，他后脚就派粘罕、讹里朵、兀术等人进攻大宋。就说兀术大军吧，从燕山出发，经过沧州过河，再兵分几路去河南，攻打京都开封。宗泽得知后，马上安排迎战，可惜的是岳飞已经去河南援助，不在军中。这时，只见刘衍走过来说："兀术是金国最厉害的大将，现在远道而来，肯定想速战速决。我们偏偏不跟他打，先给他来个前后堵截，利用咱们的地理优势，把他们围起来，等他们耗尽粮草与体力再一网打尽！"这倒是个好办法，但派谁先去拖住敌人呢？正在宗泽发愁时，忽然站出一人，说："属下没什么本事，但愿跟随刘衍将军一起上阵杀敌。"宗泽仔细一看，原来是手下将领刘达。刘达在军中，向来英勇善战，有这两位上阵，赢的几率就大了，宗泽紧锁的眉头渐渐放松。

再说兀术一方，知道宋军兵分几路，肯定是有了准备，兀术也有点慌，自言自语地说："以前就听说宗泽这个人不一般，现在看来真不是吹的，这么快就部署好了。"于是他跟部下商量，趁着下大雾，天朦朦胧胧的，宋军看不了太远，他们悄悄离开，绕路走。那天夜里，果然黑雾遮天，金兵顺利躲过了宋军的视线，转移了部队。等宗泽发现时，已经晚了，只能通知刘衍部队前去拦截。

金兵这一跑，打乱了宗泽原来的部署，况且他们很快就杀到了白沙地界，离汴京很近，城中将士都不知道如何是好。这时宗泽不紧不慢，笑着说："慌什么，我已经派刘衍部队前去迎敌，这一仗肯定能拿下！"说完，命令兵分两路，一路堵住敌人后方，断了他们的退路，一路在山口藏起来，为刘衍的部队制造声势，那时敌人不知道我们到底有多少兵马，肯定害怕，一怕就输了。结果真像宗泽所预料的那样，兀术被宋军闹得团团转，处处都觉得是陷阱，差点都分不清东南西北了，结果金兵大败，首领兀术从小路向郑州逃走。

宋军大胜，缴获很多粮草、马匹，将士们回营后按功领赏，只有郑州一路的刘达因为要保护河梁没有赶回来。宋营上下一片欢乐声，大家正喝得高兴，忽然来报："粘罕部队被岳飞大败，不敢再去河南，现在正往西京去呢！"刘衍一听，十分为难：如果派兵去救西京，那保护东京的人就少了，这也不是长远的办法,应该趁金兵打累了疲劳时,再出兵救西京。正在这时,只见阎中立站出来说:"东京和西京就像绑在一根绳上的两个蚂蚱,西京有事,不能不管,况且金兵到底有没有那么多人都是码事,没准儿是故意吹牛的,就算真有那么多人,走了这么远的路,也早就累了,哪还有劲儿打仗?但我们不一样,将士们天天训练,个个精神得很,正好趁这个机会打他个落花流水!而且如果兀术在西京打赢了,又来东京怎么办?"说完又补充道:"自从我被派留守京都,还没立过什么战功,这次正好去救西京,如果输了,我甘愿以死谢罪!"宗泽觉得阎中立的话有理,于是同意他的请求,还给他一万兵马同行,让郭俊民、李景良也去帮忙,另外派何贤埋伏在附近,而另一路去后方援助,这样一来,四面八方都安排得妥妥当当,粘罕恐怕是插翅也难飞了。

正当阎中立、郭俊民、李景良等一路前进时,迎头碰到粘罕的大军,阎中立下令直接冲向敌军,不料金贼放出二十几匹拐子马,这马不怕刀箭,一直往前冲,凶猛无比,宋军被冲得四分五裂。此时金兵布满山野,一层层将宋军围住。阎中立左脸中两箭,右胸被刺伤,他知道自己这次脱不了身了,仰天长叹:"我辜负了宗泽大将军对我的期望啊!"于是拔出宝剑自尽了。郭俊民一看没戏了,于是向金贼投降,而李景良则率领三千骑兵从小路逃跑。粘罕与王策一起向前追击,半路上遇到宗泽安排在后方的两路人马,又打了起来,虽然宋军顽强抵抗,但金兵人数太多了,寡不敌众,宋军大败。只有何贤杀出一条血路,逃回汴京。而兀术集合了剩下的部队,想趁机追上又怕宗泽设了陷阱,最终没有冒这个险。

宋军打了败仗,宗泽没有怪罪别人,而是觉得自己准备不充分。但是最让他心痛的是损失了两名大将,而最可气的是郭俊民还做了金贼的走狗。可是后悔又有什么用呢?宗泽稳了稳情绪,重新开始部署。他将宋军分成几路,这次自己亲自带兵上阵。就在这个时候,金国使者突然来访。宗泽一看原来是叛徒郭俊民,郭俊民不知羞耻,把打败仗的责任全都推到死去的阎将军身上,还利用荣华富贵劝说宗泽投降。

宗泽没等他说完,就气得差点背过气去,大声骂道:"你个叛徒!真是猪狗不如!如果你那天死在战场上,还算是个烈士,可你却吃里爬外,做金贼的走狗,居然还有脸来见我!快给我滚出去!"说完命人把郭俊民拖出去斩了。然后立刻备军迎战,因为郭俊民一死,粘罕肯定会带兵杀过来。宗泽果然料事如神,粘罕一气之下,亲自率领十万人马攻打宋营。

第十一回

宗泽大胜兀术兵

　　再说粘罕与兀术带着大队人马抵达西安桥,远远看见桥边冒出一队人马,带头的正是宋军将领汪泰世。汪泰世受宗泽的命令,已经在这儿等很久了,看见金兵,立刻举起大刀冲过去,直奔兀术。兀术被他打了个冷不防,两人大战六七个回合,汪泰世一边抵抗一边假装往回走。兀术以为汪泰世怕了,命令部队一直往前追。追到山后,只听见一片叫嚷声,军鼓如雷,兀术往左一看,是刘衍,往右一看,是何贤!兀术被宋军包围,粘罕赶快下令撤退。但是金人怎么也没想到桥已经被人切断,汪泰世命令弓箭手放箭,金兵无路可走,只等着送死。此时宗泽大军及时赶到,金兵被团团围住,想逃都难,一个个死得很惨。

　　宋军大胜,宗泽将俘虏来的王策叫到面前,不但给他松了绑,还客气地请他坐下,与他聊天。王策没有想到会是这样的结果,一时间感动得说不出话来,跪在地上不起来,哭着说:"我一个手下败将,将军不杀我就谢天谢地了,还把我当朋友一样对待,这怎么行!"宗泽摇摇头,将他扶起说:"你本来就是辽国的大臣,也不是金人,我错把你抓来,实在是误会啊。你从金国来,一定知道大宋两位皇帝和金国的情况,能和我说说吗?"王策是个讲义气的人,自然一五一十地告诉宗泽:"现在金国很乱,天天就知道打仗,也没心思管老百姓,而且干打不赢,越来越走下坡路了。"宗泽就想听这个,心中暗暗盘算着是反击的时候了,事成之后也好早点把老皇帝接回宫。

就在此时,岳飞回来了,宗泽更有了信心,于是奏请高宗皇帝批准攻打金国,并禀告高宗如果此时进攻金国,周边的西夏国、高丽国都会过来帮忙。高宗一听挺高兴,其实有哪个皇帝愿意受人摆布,有家不能回,有父不能养啊,况且宗泽连打胜仗,立下大功,没办法拒绝他的请求。就在高宗准备答应他时,黄潜善、汪伯彦又来插了一脚,从中作梗,把事给闹吹了。后来宗泽前后跟高宗提了十几次,都没有结果。可怜宗泽,他一生的心愿就是赶走金贼,接两位皇帝回宫,让老百姓过上好日子,但始终不能实现,终于抑郁成疾,一病不起,死不瞑目。

对于宗泽的死,高宗虽然也难过,但很快就忘了,他没有让宗泽的儿子继承官位,而是让杜充接管,留守东京,估计这也是黄潜善、汪伯彦等人使的坏吧。那么,杜充是个什么样的人呢?谁都知道他非常残暴,杀人不眨眼,又没能耐,一到东京,就把宗泽定的规矩全都改了,非常不利于军中团结,导致很多已经归降的盗贼又重操旧业,大开杀戒。

相反,金国那些手下败将一听宗泽死了,个个笑得合不拢嘴,抢着要回来报仇,很快十万金兵围攻济南。镇守济南的是宋将刘豫,他根据金兵的情况,分别派出手下关胜和儿子刘麟迎战并且胜利而归。逃跑的金兵首领挞懒回到营中,与副将黄朵儿商量:"关胜五千人就杀了我们四万人马,斩了先锋斡里讹,的确厉害!如果宋朝的大部队赶来,我们肯定挡不住。"黄朵儿点了点头,说:"我看刘豫是个贪图享受的人,不如我们多给他些金银珠宝,再封他个大官做,看他投不投降。"于是派人去刘豫那儿传话。结果这个没出息的刘豫还真答应了,唉!为什么有些人连死都不怕,就是架不住诱惑呢?刘豫和儿子刘麟自己做叛徒也就算了,还命令手下都要投降。他们担心关胜反对,于是一不做二不休把关胜给杀了。当众将士们知道刘家父子的诡计时,个个气得咬牙切齿,没有一人跟从。刘豫和儿子一看情况不妙,万一将士们造反,自己肯定是死路一条,于是两人趁着天黑,偷偷带着行李,投奔金人去了。

没过多久,金兵占领了济南,一步步向东京逼近,代替宗泽的杜充派岳飞前去退敌。岳飞出马,十有八九都有把握,打得金兵大呼小叫,四处逃散,又抢了敌人无数粮草、马匹。高宗知道后特别安慰,封岳飞为武功郎,又升了官。但是同时,高宗也升了黄潜善、汪伯彦的官,朝中大事小事都由他俩做主。没办法,高宗居然这么信任这两个小人,真是国家的祸害,百姓的不幸啊。

再说岳飞刚刚打仗回来,还没来得及喘口气,杜充又派他去消灭汴京附近的盗贼。贼头王善、曹成、张用、董彦正、孔彦舟等人带领五十万人马杀到汴京,要杜充投降。虽然宋军将士都很英勇,但一看这么多人,心里也没底。只有岳飞充满信心地说:"别看他们人多,都是没经过正规训练,跟着瞎起哄的,只要杀了他们的头目,其他人不在话下!"有岳飞指挥作战,那些盗贼自然不成气候,什么五十万大军,简直就是一盘散沙,头头儿一死,就都吓跑了。岳飞也因为立功被高宗加封为英州刺史。

第十二回

苗傅作乱立新君

一波未平,一波又起,贼寇刚刚击退,金国大太子粘罕又统领大军二十多万前来进攻。杜充是个胆小鬼,一听金兵又来了,便决定后退到建康,无论岳飞怎么劝他都没用,无奈只有跟他去了。同时,金兵在大名府与宋将张益谦、郭永等人对战,一个城外,一个城内,敌人进不去,宋兵也出不来,在里面一困就是一个多月。大宋的援兵不到,吃喝都没有了,战士们也都失去了斗志,因此张益谦提出投降,但郭永坚决不同意,结果只有郭永打死也不当俘虏,最后连同家人一起被金人杀害。

金兵拿下大名府,向扬州方向前进,而此时高宗皇帝也在那儿,这可怎么办!高宗知道敌人来了,马上穿上战衣,但可笑的是他并非想上阵杀敌,而是吓得独自一人出扬州,坐小船过扬子江逃跑。直到晚上才抵达镇江府,随从也只有几个人而已。这次就连黄潜善、汪伯彦都没赶上趟儿,直到金兵打到家门口,才知道皇帝扔下他们先跑了,于是二人急忙去追。皇帝这一来一走不要紧,可害苦了扬州百姓,金兵到处烧杀抢夺,活活把一个安宁、富裕的扬州城糟蹋成一座空城,而这扬州的百姓虽然恨金贼,但更恨奸臣黄潜善和汪伯彦这两个走狗。

再说高宗逃到浙江驻跸,太后、王妃和百官一个接一个地赶到,并调来大军保护。高宗皇帝现在是危在旦夕,把将士们把得死死的,生怕没了挡箭牌。就是在这样的情况下,高宗迫于舆论的压力,终于将黄潜善和汪伯彦降级治罪,让他俩去外地当知府了。

黄潜善和汪伯彦下了台,高宗另外建立了一套领导班子,恢复了很多被贬官员的职位,但就是没有李纲。新领导班子主要以王渊为主,他十分会讨皇帝的欢心,所以很吃得开。但是他这个人比较小气,因为一点小事不依不饶的,借机陷害苗傅。

苗傅与王渊结了仇,一直想找机会报复。一天夜里,正好将军刘正彦和总管黄大升先后到访,三人都恨王渊,觉得王渊没有什么功劳,却整天耀武扬威的,很看不惯。于是他们秘密商量先把那些会拍马屁的太监杀了,最重要的是找机会除掉王渊,然后立皇太子魏国公为皇帝,让隆祐太后帮着管理国家。这件事不能耽误,万一传了出去,那可是全家掉脑袋的事儿,于是他们说干就干,豁出去了。苗傅一伙先杀了王渊,又冲到皇宫内拿下侍卫,最后终于惊动了高宗皇帝。苗傅一看皇上亲自来了,便指出王渊与宫内侍卫互相勾结,专门陷害好人,为了大宋的将来,必须杀了他们。

高宗一看人都死了还说什么,眼下这种情况牺牲几个大臣算什么,只怕苗傅没这么简单,他这分明是想造反啊!于是高宗睁一只眼闭一只眼假装赞同，但苗傅等人并没有罢休，反而再逼高宗让位给皇太子魏国公，让太后在背后主持大局。高宗没有办法，只能照做。其实苗傅等人对国家还算是忠心的，只是怀有私人恩怨，又不太会办事儿。

第二天，皇太子魏国公登基，隆祐太后临朝听政，高宗被尊为睿圣仁孝皇帝，居住在显宁寺。这年改为明受元年，大赦天下。短短几天，就换了皇帝，这事传到全国各地，把守边关的将士们都半信半疑，对苗傅更是猜忌重重，于是各地兵马会集到一起，随时准备回去讨伐苗傅。苗傅也不傻，后悔当初没有想这么多，所以打算拿着太后的旨意，告诉大家高宗皇帝是自愿让位的。

第二天，苗傅就向天下宣布高宗皇帝自己觉得没本事管好国家，特意让皇太子魏国公即位，管理国家，如果有人反对，就是造反，要杀全家。消息马上传到全国各地，张浚一听就知道这是苗傅一伙搞的鬼，高宗皇帝肯定已经被他们囚禁起来，于是集合兵力，打算找苗傅算账，救出高宗皇帝。同时，在江宁的吕颐浩和子杭也有这样的想法，他们肯定苗傅已经造反，现在摆在大宋面前的难题不是消灭金兵，而是必须除掉内部叛党。于是张浚、吕颐浩、子杭，再加上刘光世、韩世忠一起整理兵马前往杭州。

苗傅虽然在杭州，但消息特别灵通，一听到大军要来拿他，赶忙召集同伙商量对策。刘正彦鬼主意最多，他最担心的是韩世忠，只要对付得了韩世忠，其他人都不成问题。于是他建议苗傅把韩世忠的老婆孩子抓起来当人质，要挟韩世忠。但是朱胜非坚决反对,他劝苗傅不要激怒韩世忠,于是说道:"韩世忠现在率领的部队停在秀州不往这儿来,就是怕城中的老婆孩子有事,你要是惹毛了他,肯定一路杀过来,不如做个好人,放了他老婆孩子,他一定感激,不再与你为敌。"苗傅想了想,觉得这话有理,便同意了。韩世忠看见亲人全部安全回来,暗暗笑道:"苗傅这帮人真是笨啊!还不知道朱胜非是我韩世忠的人,现在有胜非在里面接应,这次战斗一定能成功!"

而张浚这边,对苗傅是先礼后兵。他派人给苗傅捎了个信,劝他赶快投降,不然就是死路一条。苗傅和刘正彦一看惊了,只好趁韩世忠还没反应过来,先对付张浚。苗傅派了弟弟苗翊和马柔吉率领精兵一万人前去应战,自己却跑到皇宫向皇帝告状,说韩世忠和张浚没安好心,必须革去他们的官职。小皇帝什么都不懂,随便就答应了。但这并没有影响整个局势,援助张浚的大部队从各地纷纷赶来,并向天下宣布他们是来讨伐逆贼苗傅的,张浚坐镇指挥,派韩世忠打头阵,张俊为副手,刘光世打游击战,吕颐浩跟随张浚管理总部队,然后一起向杭州出发。

第十三回

张浚正义讨苗傅

　　张浚一行人马浩浩荡荡向扬州挺进，苗傅一看形势不好，叫来朱胜非商量，并听从朱胜非的话，把高宗皇帝请回来，让高宗皇帝向天下百姓认个错。但他怎么也没想到朱胜非是张浚的内应，真是聪明一世糊涂一时啊。事已如此，他再后悔也来不及了。可这事怎么向小皇帝交代呢？为了壮胆，苗傅拉着朝中大臣们一起进宫请皇帝让位。皇帝虽然年纪小，但很懂事，不但没有怪罪苗傅，还安慰他们不要难过。就这样，高宗重新当上了皇帝，为了表面上好看，给苗傅、刘正彦升了官，其他一切照旧。

　　讨伐苗傅说来容易，但实际过程也十分艰辛。就说吕颐浩、张浚大军到达临平时，苗翊、马柔吉为了以防万一，派人带领一万兵马阻挡韩世忠，而他们亲自率领两万精兵，迎战张浚。两军厮杀一通，苗翊大败，马柔吉逃跑，下山与找雷春会合。而张浚方面大胜，并派韩世忠离开秀州堵住贼人的后路。于是张浚在前，韩世忠在后，将苗翊的部队全部消灭。消息传到苗傅、刘正彦耳中，二人带着两千精兵逃走。

　　吕颐浩、张浚顺利进城，见到高宗激动万分，趴在地上自责："我们把守边境,不能及时保护皇上,让皇上受苦,实在是死罪啊!"高宗经历了这次事情,也知道张浚的忠心,赶紧扶起二人,安慰说:"你们在远方,不知道这边的情况,不怪你们。"说完给了张浚一个信物,让他放心大胆去办事。张浚做事干脆利落,很快就把苗傅及其同党一个个处罚了,死的死,贬的贬,不留祸根。

高宗脱离了危险,开始重新安排人事。本来他看好朱胜非,想让他当宰相,但被朱胜非委婉拒绝了。经过再三考虑,高宗决定重用吕颐浩,并让刘光世、韩世忠、张浚担当重要职位。从此以后,高宗用苗傅造反的事来教育大臣们不能有二心,同时也反思自己以前的过错,决定以后用心管理国家,并派洪皓、崔纵去金国看望老皇帝、母后和哥哥,表达他的思念之情。

洪皓、崔纵接到命令,立即动身,一路上冲破重重困难,才到达太原,最后只剩下他们二人。再说那时已经是夏末秋初,西风刮起,落叶漫天,到处是干草枯树,让人看了不仅凉在身上,更悲在心里。洪皓、崔纵对金人恨之入骨,见了粘罕也不跪下,更不接受金人的威逼利诱,金人从他们身上得不到好处,便将他二人关了起来。洪皓、崔纵被关进冷山,外面冷风呼啸,里面阴冷昏暗,没吃没喝,实在不是人待的地方,就连路过的大雁也好像在为他们难过。即使这样,他们也从没有失去信念,一定要见到老皇帝一家。

洪皓、崔纵不知道在冷山中过了多少天,直到金国皇帝的弟弟王谷神将他们找去,问:"你们是来讲和的,脾气这么倔不是找死吗?"哪知洪皓、崔纵根本没把他放在眼里,誓死不做金人的走狗。王谷神本来也很生气,但佩服他们有骨气,所以没杀他们,而是让人将洪皓、崔纵又押回到冷山。路上寒风刺骨,洪皓对崔纵说:"我们没见到老皇帝,没有完成使命,现在被困在这里,连家中的老母亲都照顾不了……""唉,我们做臣子的,本来就是公事大于家事,哪里还顾得上自己的亲人啊!"崔纵发出一声叹息。说完两人互相安慰,彼此鼓励。

日子就这样一天天过去,洪皓和崔纵在冷山的生活十分艰苦,一年四季只有一套衣服,平时也只靠喝一点浆水活命。崔纵由于年龄大了,整天愁眉苦脸,终于伤心过度,一病不起,临死前只说了两个字:"忠义!"斡离不得知崔纵死在冷山,派人给他办了丧事,洪皓还亲手给崔纵立了墓碑。失去战友,洪皓的心情也越来越差,但他始终没有见到老皇帝,怎么也不肯回宋国,虽然他非常惦记祖国。于是他趁机找人向高宗汇报情况,让宋军做好准备,金人就要打过去了。

这个消息让朝中上下有了分歧,有的大臣劝高宗带着精兵去长沙避难,派将士把守军事重地。但韩世忠、吕颐浩不同意,他们认为大宋已经失去河北、山东,如果再丢了江淮两地,就彻底完蛋了。况且皇帝后退一步,金人就前进一步,大宋的土地就这样一点点被侵略去,哪里还有翻身的机会!于是韩世忠、刘光世坚持留下,拼死守住阵地。但是高宗离不开韩世忠、吕颐浩,走哪儿都得带着他俩,于是让杜充留下守建康,自己带着韩世忠、吕颐浩前往扬州。

　　高宗皇帝一而再，再而三地后撤，引起大臣的争论。其中一位名叫胡寅的大臣，他向皇帝上奏，说现在大宋与金国的实力相差较大，根本没办法和平解决。自古以来只有两国实力差不多，才能商量讲和，否则肯定不公平。当初，耿南仲、李邦彦因为嫉恨李纲，所以阻止李纲和种师中攻打金国，耽误了时机，导致今天的后果，现在不能再逃避了，只要皇帝把拿来讲和的金银财帛用在军队和百姓身上，肯定能赶走金人，接回老皇帝，光复祖业。

　　除了主张打仗，他还向高宗皇帝提出五点建议。

　　第一，专门设置个地方，用来处理紧急情况，免得不分轻重，耽误正事。另外把钱看紧点儿，用在刀刃儿上。

　　第二，多做实事，少来虚的。比如训练士兵就得狠点儿，当官的就得为国家卖命，只会耍嘴皮子的要革职，老弱病残的送回家，等等。

　　第三，发动天下英雄共同抗敌。让老百姓锻炼身体，每个人都强大了，国家也就强盛了。尤其是可以把一些闲散的人集中起来，平时开垦荒地、训练打仗，需要时直接上阵杀敌。

　　第四，建立根据地，而不是都城。

　　第五，重用本家族人，巩固皇家的根基和力量，以免被叛徒抢了皇位。

　　高宗看后问吕颐浩意见，吕颐浩沉默很久，他认为胡寅说的虽然有理，但是过于夸大和偏激，一下子得罪了不少人，于是回应："胡寅这是说大话呢，一点也不实用，留他在实在是扰乱军心！"就这样，高宗免了胡寅的官，由赵鼎替代。

第十四回

岳飞破虏释王权

不出洪皓所料，金兵真的打过来了，高宗再三嘱咐杜充小心防守。岳飞了解杜充，他连东京都不肯守，何况这里。果然，杜充一听粘罕让兀术做先锋，带领十万大军攻打乌江县，马上关了城门，别说出去迎战，就连提都不敢提，紧紧锁住大门。岳飞急了，这是什么统帅啊！他来到杜充的卧室，软话硬话都说遍了，杜充沉默了一会儿，冒出一句话："等我看看情况再说吧。"岳飞差点气晕过去。

正在这时，外面来报，江南军民已经吓得到处逃跑了。杜充没办法，只能派岳飞带着两万人马，与王燮前去迎战。但就在岳飞带领宋军与金兵厮杀时，王燮见金兵人多势众，不顾战友就带兵逃跑了。岳飞的部队杀到黄昏时候，还没见救兵前来，无奈只得撤退。由于粮草都被王燮领走了，岳飞的部队没东西充饥，只能在钟山硬挺着。

第二天，岳飞按捺不住了，鼓舞将士，与金兵在江口大战，抢夺粮草。结果岳家军杀金贼几百人，抢夺战马、骆驼无数，所有战利品都分给了将士。但是，将士们看金兵人多，气势也挺吓人，而长江已经被金兀术霸占，杜充又不出来援助，这仗还怎么打,还不如直接投降算了。岳飞看出他们的心思,感慨地说:"国家养育了我们,皇上相信我们,我们一定要坚持到底! 如果做了俘虏,即使活着也只会被后人唾骂,现在正是我们报效国家的时候。谁敢违抗军令,军法处置! 相反,立功的人加倍奖励!"所有将士再没有二心,全部积极准备战斗。

再说金兀术来到建康,而杜充紧闭城门,被困在里面二十天,能吃的东西越来越少。杜充忍不住了,与陈邦光、李梲商量投降,不料杨邦义号啕大哭:"我与你们共生死,绝不投降!"杜充劝他:"事情到了这个地步,没别的办法啦!"杨邦义死都不同意,于是杜充自己出城投降,金兀术进来后,被杨邦义骂了个狗血淋头,金兀术虽然爱惜杨邦义是个人才,但还是杀了他。金兵顺利进入建康,全靠杜充这个小人,因此金国元帅粘罕也赏了个官给他做。

高宗知道建康已经沦陷,决定从明州走水路避难。但金兵紧追不舍,派阿里蒲庐浑带两万人马前去追赶。到了童安,高宗只见乌云盖天,锣鼓震天,原来金兵已追来,关键时刻,谁来应战? 话音刚落,张公裕主动前去退敌,他原本就是保护皇帝的,现在就算死也得往上冲。沙场上,张公裕与蒲庐浑大战二十个来回,不分胜负。又战十个回合,只见山后蹿出一队人马,大旗上面写着"大宋杨沂中"五个大字。原来是杨沂中知道蒲庐浑要来这里,所以赶来援助。沂中手拿大斧头,与张公裕一起前后夹击蒲庐浑,金兵被打得落花流水,后退二十多里。

杨沂中与张公裕大败金军，回来见高宗，劝他别带那么多随从走水路避难。高宗心里难过，感慨道："我堂堂大宋天子，现在居然要像贼一样偷偷逃跑，连宫女都不能带，实在太荒唐了！"因此，高宗没有答应，仍然由护卫陪同，浩浩荡荡一行人一起逃亡。

第二天，高宗的船到了昌国县，下令各地将士集合兵力，共同抵抗金兵。岳飞手下的将士们一看中原被金人占领了，皇帝也跑了，就向岳飞请求去投降。岳飞假装答应，集合所有人之后，突然话锋一转，严厉地说："你们跟我一起去抵抗金兵，收回中原，接皇帝回来，以后一定会有荣华富贵和美名！但是要我去投降，还不如杀了我！"说完他放声痛哭，脱下衣服，背对着大家。所有人向前走了几步，顿时愣住了，只见岳飞背上赫然写着"精忠报国"四个大字！众将士一齐跪下向岳飞磕头，喊道："我们愿意跟随岳将军，再不会有投降的想法！"整个军营，一群大丈夫泪流满面。岳飞不怪他们，遇到这种情况谁都会犹豫的，他一直安慰将士们："现在兀术的金兵深入到建康，我们要合起力量堵住他们的后路，抢回建康，接皇帝回来，振兴国家，到时候你们会过上好日子的。"大家听了，心里也好受些。

岳飞可不是说说就算了，他立刻带兵袭击兀术营地，一天大战了六场，连连取胜，还规劝了一位金将，名叫王权。王权早就听说岳飞的美名，愿意跟岳飞里应外合，反攻金军。两人商量完，王权回到金营，趁着半夜大家都睡觉的时候，偷偷放火。岳飞一看王权果真没有骗他，趁着金兵手忙脚乱时冲进去,顺利拿下这次战役。但是,岳飞的部队已经没有粮食,士兵害怕岳飞军法严厉,也没人敢偷老百姓的粮食。就在这时,营外有人报告:"王权送粮草来了!"岳飞高兴得急忙出来迎接,将粮草分了下去。

问题都解决了,岳飞终于可以放下心来。闲暇时候,他看这地方的地形很奇特,远远的山顶上还有一座楼台,被树木包围着,非常有意境。原来这就是金沙寺,后来岳飞和部将们登上山,还留下一篇短文,表达了当时击退敌人,收复国土的决心。岳飞不敢长时间停留,整顿好队伍便出发去救皇帝了。同时,张浚、韩世忠、牛皋、刘光世、吴玠等人也都准备就绪。兀术得知四面八方的宋军要一起杀过来了,那还了得!立即下令撤回金国。而此时高宗也顺利回到越州驻跸,对有功将士一一奖励,还升了岳飞的官,派他去常州救援。

却说常州的情况的确紧急,始终受到金兵的骚扰,盼救兵盼得花儿都谢了。还好常州粮食充裕,足够二十万大军吃十年的。岳飞一听非常高兴,临时决定让将士们在这里休养一段时间,等待金兵杀来再迎头痛击。没高兴一会儿,就有人报大部分粮食被贼头郭吉抢去,正往船上搬呢。岳飞大怒,心想:敢抢我的粮草,真是活得不耐烦了!于是派王贵、傅广带领两千人前去追贼。贼头郭吉自然打不过岳飞的正规军,放弃粮草拔腿就跑。

第十五回

韩世忠大战兀术

岳飞的大军到达宜兴县，受到地方官和百姓的拥护，谁没听说过岳飞的大名？岳飞在的地方，就没人敢侵犯，街头巷尾都在传着："父母生我们容易，岳将军保护我们实在不容易啊！"附近的勇士也争着来投奔岳家军。岳飞虽然在宜兴停留，但一直打听着常州的消息，终于等到金兵要来，便派遣王贵、张宪、傅广分几路前进，自己也带着千军万马去会合。

岳飞离开宜兴，到达常州边界，摆开阵势。首先出战的是张宪，他与金将厮杀，只打了几个来回，张宪就假装打不过，引金将来追，当金贼路过临水门时，岳飞忽然从河口杀出来，杀得金兵措手不及。宋军又胜一战，把金贼逼得后退五十里，抢夺了大量粮草、马匹，又活捉了女真王撒哥。

常州解围，高宗非常满意，命令岳飞召集勇士，守住建康，将金兵彻底赶出江南一带。岳飞将皇帝的想法向天下百姓宣布，没过几天，各地英雄就陆陆续续赶来，投奔岳飞。而岳飞听说兀术又来侵犯，命令韩世忠先去阻挡金兵，再兵分三路，围攻兀术。

兀术得知面对的是韩世忠，心中有些恐慌，马上命令改去平江。韩世忠及时得到消息，快马加鞭，抄近路前进，赶在金兵到达之前埋伏好。兀术抵达平江，远远看见江上战船排成"一"字，兀术想到应该是韩世忠的部队，没敢再往前进，而是写了封信给韩世忠。大概意思是说，金国与大宋本来就是兄弟国家，现在江南一带盗贼泛滥，不得安宁，我就是来管这事的。如果宋军不想破坏两国友谊，就让出一条路给我，如果要硬来，那就免不了一场血战。

韩世忠一看简直是鬼话连篇，立刻向金兵宣战。韩世忠还安排了一支小分队在龙王庙埋伏着，他断定兀术会去那里观察宋军的情况，到那时，两队人马一前一后，肯定能将兀术抓住。而兀术也叫来手下孛堇阿赤、王铁儿、张丑汉等人分析军情，最后决定先上龙王庙观察宋军实力，然后再作计划。他令王铁儿、张丑汉率大军在岸边等着，孛堇阿赤留在原地看守，自己与黄炳奴、何黑闷三人上龙王庙。

而这时已经是九月份，花草树木已经凋谢，天高地阔，一眼就能望到几里以外。傍晚时分，兀术上到金山龙王庙，看见山下韩世忠的部队整整齐齐，非常有秩序。兀术感叹："宋国果真有人才！"这时手下劝他不要留太久，万一被发现，进退两难。兀术不听，继续观望。韩世忠一看时候差不多了，向天空发出信号，响声震耳欲聋。兀术听见慌忙逃走，但是已经晚了，眼下只能拼死一战，霎时间，尘土飞扬，两军救兵迅速赶到，相互厮杀起来。一场血拼后，韩世忠部队活捉了金将何黑闷、黄炳奴，但兀术逃走。

兀术只身逃离龙王庙

　　回到镇江，金将何黑闷、黄炳奴投降，韩世忠问过他们，才知道那天那位勇猛的将军就是兀术。韩世忠还没来得及休息，辕门回报兀术又率领大军十万人，杀回江口报仇。韩世忠觉得兀术虽然勇敢，但是缺乏谋略，于是兵分两路，让苏胜、霍武带五千兵马从上流杀出，将金兵四面围住。金兵率先出马的是兀术的女婿龙虎大王，此人一看也是勇猛的人，大刀直奔韩世忠砍来，韩世忠也不含糊，举起长枪，奋力抵抗。就在韩世忠假装败阵，往回逃跑时，龙虎大王愤怒之下，率领部队过江追敌，哪知道刚过了一半，只见前后无数宋兵挥舞着大旗，高声呐喊。

　　此时，苏胜的部队迅速跳入龙虎大王的船上，足足有一千人，个个都是好水性，龙虎大王的部队不懂水上作战，被杀得片甲不留。龙虎大王知道上当了，刚要跳江逃跑，被苏胜一把捉住押上岸杀了。兀术在后方得知消息，立刻派孛堇阿赤、王铁儿等拼死杀到平江，但是霍武、苏胜配合得非常好，打得金兵扔下武器，不要命地往回跑。

　　这场仗打下来，兀术损失了一半人，粮草也被抢光了，接下来怎么办？他立刻召集手下，生气地说："自从我大金攻打宋国以来，从来没有输得这么惨过！现在韩世忠堵在江中，硬打也不行，怎么办？"只见孛堇阿赤凑过去说："韩世忠恨的是咱们抢了宋国的人和东西，咱们还他不就行了？"兀术点点头，又加了些上等的马匹，一起给韩世忠送过来，请求和解。

　　可是这点小恩小惠怎能令韩世忠屈服？他一看脸色立刻变了，骂道："兀术死期就要到了，还敢跟我来这套？若是讲和,恐怕我大宋江山就毁了!"于是指着金国的使者说:"回去告诉兀术,他愿意投降就投降,不愿意咱们就接着打,别的免谈!"使者吓得站都站不稳,回去一五一十地告诉兀术。兀术也不是懦夫,一气之下,叫来所有将士开了个大会,说:"咱们现在只有一条路可走,就是死战到底!"

第二天,兀术整理人马,亲自带兵与宋军决一死战。兀术不愧是大将军,走在最前面,这时只见宋将苏胜杀出来,一番打斗,金将孛堇阿赤的部队加入战斗,厮杀声、锣鼓声混成一片。此时,宋将霍武从北岸绕到敌后冲过去,韩世忠的妻子亲自为宋军加油,敲得鼓声振奋人心,将士们个个争着抢着往前冲。兀术军四面受敌,死伤无数。王铁儿、张丑汉见宋兵势大,划小船死战,直到太阳下山,韩世忠才命令收兵。而兀术领着败残人马逃到黄天荡就没了去路,只能连夜凿通渠道,从老鹳河去建康。当韩世忠知道时,兀术已经逃出了七十里,正所谓"穷寇勿追",韩世忠没有去追,而是派兵把守各个出口。

第十六回

兀术火攻破世忠

　　兀术出了镇江前往建康,一路上没见到有人追赶,终于放心。来到牛头山下,他下令大部队在此地休息,杀牛宰马慰劳将士。打了败仗怎么还这么高兴?原来兀术本以为必死无疑了,没想到还能捡回一条命。于是金营上下灯烛闪耀,尽情欢呼,一个个都喝趴下了,东倒西歪地回到帐篷睡觉。他们哪知道岳飞接到消息,早派了王贵、赵云带三百人马埋伏在牛头山,只等金兵不注意,便杀进去。就在金兵都睡过去的时候,王贵、赵云用暗号指挥队伍,偷偷潜入敌营,然后齐声呐喊,再迅速跑出敌营。金兵酒劲还没完全过去,慌乱之下,互相残杀。

　　天刚刚亮,就又听见牛头山上鼓声喧天,岳飞亲自领兵杀入敌军。兀术急忙穿上战衣,提刀迎敌,但只十几个回合,就败下阵来,拍马就往回跑。没跑多远,山坡后突然出现一彪人马,带头的竟是一个少年,唇红齿白,身材结实,手拿八十斤铁锤,此人正是岳飞的大儿子岳云。这年岳云刚十二岁,但已经成为大家都熟悉的勇士了,赢了不少比赛。说时迟那时快,岳云横马截住兀术,兀术大惊,旁边的王铁儿说:

"将军别慌,看我的。"说完挥舞着长棍直向岳云打去。几个回合,岳云卖个破绽,引金将来追,王铁儿欺负岳云是个孩子,紧追不放。就在绕过山脚的时候,岳云突然举起铁锤,冲着王铁儿就是一下,王铁儿从马上跌下来,脑浆直流,当场死亡。兀术部队大败,岳飞杀金将一百七十五人,活捉金将四十五人,获得大批物资,下令回营后论功行赏。

再说兀术人马又少了一半,大败而逃,刚要过江,忽然前面尘土飞扬,一队人马正面而来。兀术吓得心脏提到嗓子眼儿,惊呼说:"前面有阻兵,后面有追兵,看样子是老天要我死啊!"说完闭上眼睛等死。就在这时,前面的人马突然停了下来,兀术一看,是金国的旗,喜出望外,派人一打听,原来是金国挞懒知道自己打输了,派孛堇太一带领一万金兵前来救援,没想到在这儿遇上。兀术一见孛堇太一,激动得连忙诉苦,并打算率兵回去报仇。

韩世忠听说兀术还要走建康,日夜操练将士多多提防。此时敌人兵分两路,一路由孛堇太一率领停在江北,一路由兀术率领在江南。在这种情况下,韩世忠吩咐手下不能血拼,要困住他们,等敌人消耗得差不多了,再全力攻打。于是派苏胜、霍武两边埋伏,趁机下手。

第二天,两军在江上大战,苏胜带领两千士兵使用铁缏使敌船进水,一个个沉下去,敌军手忙脚乱,淹死很多人,剩下的也都跳上北岸逃走了。苏胜趁机追杀,兀术又大败,扔下战船逃回黄天荡。霍武一方也大获全胜。兀术没有办法,怎么打都是输,根本不是韩世忠的对手,于是向对岸的韩世忠喊："你应该知道天时不如地利，地利不如人和。我刚到镇江就送厚礼给你，希望咱们友好相处，但你不但不领情，还要赶尽杀绝。如果你现在放我一条生路，以后我一定报答。"

韩世忠感到又可气又好笑，都这时候了，兀术还在讨价还价呢！于是回应道："我放你过江也行，把两位皇帝和我大宋的江山还给我们！不然免谈！"兀术一听哑巴了。孛堇太一不同意，喊道："你别欺人太甚，不让我们过去，咱们就死战到底！"韩世忠见他这么狂妄，拿箭就要射他。兀术赶紧逃跑，一路上回想起这几场败仗，感叹说："宋军用船跟用马似的，真厉害啊。"孛堇太一听了，劝兀术出重金聘请擅长水上作战的人，兀术点头同意。

此后不久，果真有一个姓王的人前来应征。兀术一看这人一副书生相，不像是会用兵打仗的，于是半信半疑问他有什么办法。此人回答："现在你们的船太轻不稳当，遇到大风浪肯定连人带船都得翻，还怎么打仗！赶快在船上多放些土，用平板铺上，那样就会像陆地一样平坦。再发射火箭，他们的海船没风就动不了，想逃都难，这样就万无一失了。"兀术眼睛都瞪圆了，真没看出来，这人还真有两下子。兀术给了这人很多钱财，命令手下多准备些火箭和干燥的东西，打算火攻。

此时正是秋末冬初，天地广阔，兀术和手下将士杀白马祭天，祈求这次能成功。于是在一个风和浪静的日子，兀术将人马分作三路，乘小船出江。快到韩世忠军营时，兀术下令齐放火箭，只见漫天的火焰射过去，烧得江中芦苇也都着了火，霎时间火光盖天，满江通红。兀术乘胜杀出，金兵也都拼命往上冲，结果宋军大败，淹死的人多不胜数。苏胜率部队赶来，急忙救出韩世忠。不巧被兀术看见，一箭射来，正好射中苏胜左肋，苏胜落入江中。金兵一方的孛堇太一这时也赶来夹攻，最后霍武死战到底，救了韩世忠，逃回镇江。韩世忠用八千人抵抗兀术十万大军达四十八天，虽然失败，但此后金兵心有顾忌，再不敢过江。

兀术虽然赢了此战，但恐怕宋军追来，于是带着部队连夜赶路到达建康，将城中洗劫一空，还放火烧了仓库，跟汉人逆贼李梲、陈邦光、杜充等人一走了之。

岳飞知道后，气得咬牙切齿，兵分两路大败金兵，然后进城安慰百姓，帮他们重新修建家园，将金兵彻底赶走，一个不留。在岳飞看来，建康的地理位置非常重要，是金兵侵略的目标，更是大宋的军事重地，因此请求皇帝让自己保护这里。高宗皇帝一询问，确实是这么回事，于是答应岳飞的要求并赏赐盔甲一副、金带一条、锦袍一领。

第十七回

岳将军楚州解围

岳飞有皇帝的旨意，心里没了顾虑，马上集合三千人马，向广德前进。路过官桥时，看见有贼人把守，没有直接过去，而是射了一箭留在桥柱上，然后率兵返回。守桥的贼人一看知道是岳飞来了，撒腿就跑，桥也不要了。正当岳飞的手下傅广追上去的时候，贼人一看是傅广，心中暗暗高兴，不但不跑了，还回头杀过来。两队人马没打多久，傅广力气不够，逃跑了。

这下可把岳飞气坏了，他亲自率领人马赶来，正遇到贼人的队伍在追傅广。贼人眼尖，一看坏了，是岳飞！此时，正巧遇到四处招揽人才的张俊，为了保住自己的小命，贼人连忙跪在张俊面前，说："小人一时想不开，背叛了岳将军，今后一定立功赎过，补报朝廷，请您帮我跟岳将军说说放我一马吧！"张俊信以为真，同意了。

张俊与岳飞久别重逢，畅饮美酒，边听音乐边聊天，特别高兴。但是，一说到叛贼的事，岳飞脸色大变，生气地说："在建康，这人就背叛朝廷，到处奸淫掳掠，怎么说都不听，跟其他的贼寇完全不一样。那次我在广德与敌人厮杀时，他暗地里射了我一箭,到现在我也没跟外人说过,一直把箭藏着,等他叛逆时再杀了他,如今他果然又背叛了我。"张俊一看箭上真的有贼人的名字,一气之下要亲手杀了他,岳飞拦住,命令手下将贼人拉出去斩了。就在此时,外面来报,金兵包围楚州,高宗皇帝命令岳飞立即出兵解围,岳飞领旨,一刻不敢耽误,匆匆与张俊道别就上路了。

此时楚州的情况十分危急,岳飞快马加鞭,心急如焚。他在路上远远就看见挞懒正在攻城,金兵大旗遮天蔽日。金兵知道是宋军的救兵来了,立刻下令摆开阵势,准备迎战。岳飞把王贵、傅广分成左右两路,分别进攻。金兵一方首先出战的是将军高太保,只见他拿着一只流星锤,打了几下就往回跑,傅广紧追上去,没到一百步,高太保勒住马,放出流星锤,朝傅广正面打来,傅广眼疾手快,往旁边一躲,结果正打中左臂,随即便从马上摔了下来。

金兵趁着占优势,正要追杀,不料由岳飞率领的中路军及时赶到。只见岳飞威风凛凛,举枪杀过来,敌军见了岳飞本来就吓得少了三分胆,哪还有信心死撑下去!而高太保没坚持多久就被岳飞一枪刺透咽喉而死。宋军救了傅广,并杀入金营,挞懒见宋军勇猛,连忙向秦州撤退。岳飞成功挽救了楚州,战争过后,他率领大军进入楚州城,所到之处,百姓夹道欢迎,将他看作是再生父母。楚州危机已经过去,岳飞杀死金兵首领高太保,活捉金将阿主孛堇等七十多人,押送回营。高宗非常高兴,不但向全天下宣告岳飞的事迹,还赏了他一些珍宝,此时正是建炎四年八月。

话说回来,虽然岳飞百战百胜,为大宋江山立下无数功劳,但是他要的是彻底将金人赶出大宋,这个愿望还没有实现。于是,在皇帝的批准下,岳飞与刘光世的手下王满德等人一起赶去卫州一带继续上阵杀敌。

再说挞懒几十万人马被岳飞、刘光世前后杀了一大半,只好将剩下的兵马集合,重新计划侵略保安。消息传入秦州,张浚立刻叫来把守在各地的部下,让他们整合部队前去迎战。但是这样安排遭到了大家的反对,将士们都觉得丢下自己的阵地,万一出什么事,救都来不及,何况这几个地方都非常关键,丢掉一个就有可能导致全盘皆输。可张浚决定的事无法改变,他带领大部队到达目的地,便与手下商量作战方案,最后决定任命刘锡为先锋官,让赵哲领兵截住敌人的去路,再派刘锜绕路出去配合。

此时,挞懒与娄室等知道宋军前来迎战,马上召开会议,分析宋兵从四面八方大老远赶来集结,肯定想速战速决,那么金兵就可以分为两路,一路在富平,一路在泽口,宋军前后来不及救,想不输都难。于是挞懒与娄室吩咐下去,一切按计划行事。由于山路崎岖,他们害怕有宋军埋伏,所以悄悄前进,到达宋营才高举大旗,敲锣打鼓喊起来。宋军远远就看见领头的挞懒身穿铜甲,手拿金枪,单枪匹马地冲过来。而宋军前锋刘锡也不示弱,立刻上前接招,但他还不是挞懒的对手,败下阵来。

这时刘锜上来接应,但正遇到挞懒手下撒里么哥前来抵挡,二人也相互厮杀起来。这刘锜英勇好战,所到之处死伤一片，但与撒里么哥对打，还真是难分难解。就在两军将士打得疲惫不堪时，忽然听到后面有宋兵报告："在泽口的金兵已攻下我赵哲部队，现在正杀过来！"刘锜一听，大惊失色，丢下这里跑去救赵哲，但是已经晚了，赵哲没等打就跑了。其他各路人马也都惨败而归，由张浚率领退到秦州。

一到秦州，张浚就斩了赵哲，因为赵哲的任务最关键，但他却临阵逃跑，导致这次重大失败。而刘锡也因为没能及时救援被降罪。但是，归根到底张浚知道这次失败是自己没听大家劝告，指挥错误，所以派人报告皇帝，等待处罚。没想到的是，高宗皇帝不但没处罚张浚，还安慰他，这样一来，张浚感激不尽，更加忠心地为皇帝办事，他找来所有将士再计划对付金兵。其中有一个人叫刘子羽，不但会打仗，还很有谋略。他认为自从宋军战败后，民心散了，将士们死的死，伤的伤，短时间内不适合主动攻击，而应该休养生息，牢牢守住军事重地夔州，也就是今天的重庆奉节、巫溪一带，等待机会再与敌人抗衡。

这一次，张浚考虑再三之后终于同意刘子羽的想法，并派他返回秦州召集散兵十多万，让手下吴玠把守大散关与和尚原，派孙渥、贾世方死守阶、成、凤三州，阻挡金兵去路，结果敌人果真没敢再来骚扰。

第十八回

秦桧叛国献奸计

再说这挞懒一看张浚派出将士把守要塞,后面还有岳家军保护,自己不死心又过不去,只好三天两头召集手下商量办法。就在挞懒又气又急时,忽然参军秦桧大笑说:"元帅当年那么勇猛,今天怎么没了气魄?我有一招儿,可以让宋军全军覆没,而金国皇帝一统天下。"

挞懒一听,眼睛都瞪圆了,连忙拱手请求秦桧详细说说,并答应让金国皇帝给他个爵位。只见秦桧神神秘秘地叫其他人退下,然后才不紧不慢地趴在挞懒耳边说:"要想攻破一个国家,必须先让他们内部不团结,然后再从外部攻打,就像要毒死一个人,也得先毒烂他的五脏六腑啊。我当初来到金国,感激金国皇帝的不杀之恩,所以发誓一辈子效忠金国,效忠金国皇帝!如果放我回宋国,让我去挑拨他们的君臣关系,一定能成功,到那时拿下宋国轻而易举。"

挞懒听后,半天才说:"你真的能做到?"秦桧一听,这是不相信我,怕我逃跑啊,于是急忙说:"我全心全意报答金国皇帝,哪敢说假话?如果你不信我,这事就算了。"挞懒又是半天没说话,然后冒出一句:"要是这样,你得留下你老婆做人质。"秦桧笑了笑,说道:"你们不知道这其中的事,要是宋国知道我老婆在这儿当人质,肯定猜到我是奸细,要想让他们相信我,还就得让我老婆跟我一起回去。等我立稳脚了,才能办事。"挞懒反应过劲儿来,笑着说:"是啊,是啊!这事要是办成了,金国皇帝可以把中原三分之一的土地给你。"秦桧嘴倒是很甜,忙摆手说:"那哪行,我只想报答金国皇帝,什么都不要。"两人就这么计划着,说完秦桧当天就告别了挞懒,带着老婆一行人回宋国的越州,拜见高宗皇帝。

建炎四年十月,秦桧一家回到宋国,高宗宣他进宫,朝中大臣也都来问他是怎么逃脱的。秦桧不慌不忙地说:"金国人把我关在鸟不拉屎的沙漠,那天夜里我趁着金兵不防,杀了他们,逃到海边,抢了条船才回得来啊。"大家一听,你看我,我看你,都半信半疑,又问:"你们五个人都被金人抓走,为什么就你一家回来了呢?况且北方到这儿有两千八百多里,要经过黄河、出海口,都没人拦你?你肯定是奸细!"高宗一琢磨,对啊!这明摆着是假话嘛。

这时,有两位大臣上前回报,以前抗金的时候,秦桧跟粘罕翻过脸,绝对不可能是奸细,而这两人正是范宗尹和李回,他们跟秦桧有很深的交情。高宗一想也有道理,暂且相信秦桧吧,于是把秦桧单独叫来问老皇帝的消息。秦桧说:"建炎二年八月,两位皇帝到达金国上京,建炎四年七月他们去了五国城,那是在上京东北处一千里远的地方,九月份太后郑氏在五国城去世,两位皇帝现在还都算平安。"

高宗听了眼圈红红的,但总算松了口气,对秦桧也没了戒心，问道："你觉得怎样做才能平定天下呢?"秦桧一看机会来了，马上回道："讲和啊!"前面说过，高宗这个人也是耳根子比较软，再加上着急让老皇帝回来，就听了秦桧的话，对他还特别礼貌。见完秦桧，高宗乐得睡不着觉，第二天一早就当众宣布："秦桧果真是最忠诚的大臣，这真是我的福气啊。"说完封秦桧为礼部尚书，这可是一人之下、万人之上的官啊。

而此时金国皇帝也正和大臣商量再立宋国皇帝的事。正赶上兀术打完仗回来，跟大太子粘罕说："济南府知府刘豫是一心投靠我们，只有他可以胜任。"后来经过金太宗的批准，刘豫被金国封为子皇帝，都城建在东平府，号大齐，年号为章昌元年，以旧河为界。刘豫封妾室赵氏为皇后，儿子为大元帅，张孝纯为丞相，李孝扬、张东为左、右丞相，王琼在汴京留守，设立衙门，任命其他官员。

中原出来两个皇帝，况且刘豫不是姓赵的，这不是要抢高宗的江山嘛，高宗皇帝知道后非常发愁，决定尽早设立太子，以后好继承皇位，并命令张浚增加防卫，岳飞留在荆、襄，对付刘豫。

而此时金兵又打过来，兴州情况十分危险，于是张浚派张探、刘子羽前去益昌，自己则亲自率兵退守阆州，并派人召还曲端想委以重任。曲端是张浚的老部下，不过他和张浚手下的吴玠有点儿仇，当时他们俩一起在兴元作战，曲端却自己回来邀功，由此可见，曲端是个骄傲、自满的人，也因此跟吴玠、王庶等人结下了怨。因此，吴玠在手心上写了"曲端谋反"四个字，并向张浚汇报这消息出自曲端的心腹，非常可靠。但是张浚觉得曲端懂得带兵打仗，既可以平定战乱，还能防患将来。这时王庶上前一步，极力帮吴玠说话，一口咬定曲端有叛逆的行为。

其实张浚也知道他们与曲端不和，现在证据确凿，只好将曲端押入监狱等待处置。可是曲端一天不死，吴玠、王庶就一天不得安心，所以特意派曲端手下康随审理此案。康随是个武将，以前总是不听曲端的命令，被曲端狠狠抽打后背，所以一直怀恨在心。曲端一听是康随来了，倒吸了口凉气，仰头感叹道："看来我是死定了。"

没过几天，康随到了，果真使用重刑逼曲端认罪。曲端两条腿被打得皮开肉裂，鲜血直流，但始终不肯招认自己叛逆国家，而只是大声喊着："老天爷在上，我没有做对不起大宋的事！"康随看曲端死撑着不招，命人用纸糊住他的嘴，再用火烤。曲端渴得受不了，康随便拿来酒，曲端一口喝下，顿时七孔流血而死。

曲端的死真是惨不忍睹，张浚心里后悔，一气之下把康随杀了。吴玠与王庶知道事闹大了，自己也脱不了干系，于是请求去和尚原对抗金兵。

第十九回

吴玠和尚原大捷

吴玠人马到达和尚原东壁，打算屯兵死守，但是粮草不够，挺不了太长时间。此时，吴玠下令，招抚当地民众，虽然他们投降金人，但都是被迫无奈，并不是发自内心。果然，民众一看救兵来了，当下就归顺朝廷，拿出粮草慰劳将士们。吴玠非常高兴，也拿出钱财分给民众。

此事被金人知道后，气得下令金兵埋伏在渭河，所有给宋军送粮食的人路过都要杀，并且封锁河道，不让百姓过去。但是这并没有挡住老百姓对吴玠的救济，送粮送草依旧进行。粮草倒是其次，但金国人更怕这些老百姓知道金兵的情况，去吴玠那儿告密，所以约战吴玠。

首先到达和尚原的是金兵首领乌鲁折合的两万人马，既然来了，吴玠当然迎战。他先找来安雄，吩咐说："贼人不知道路，你带一队从北山抄出，从后方攻打。"然后又叫来汤威，让他引敌人去山中，自己则埋伏在旁边，配合出战。一切都像吴玠计划的那样，汤威假装败下阵来，引诱敌人进山峪，没走几里，就听见鼓声震天，从旁边蹿出一彪军马挡住去路，带头的是一名猛将。此人浓眉大眼，虎背熊腰，正是吴玠本人。

吴玠不管那么多，举刀就打，乌鲁折合奋力抵抗，二人大战十个回合，汤威带兵来救，把金兵团团围住。金兵副将孛堇哈哩一看主将有难，赶快上前接应，可没想到就这么丢了性命。乌鲁折合看见副将死了，不敢再打下去，拼死冲出包围，逃跑了，金兵大败。就在逃跑的路上，乌鲁折合又倒霉遇到另一队宋军人马。乌鲁折合首尾受敌，见路就跑，见缝就钻，可是山路太窄，马是过不去的，他只能靠两条腿逃命了。

吴玠大胜，但是他预料到乌鲁折合要与兀术集合兵力，攻打箭筈岭，于是吩咐安雄率兵前去退敌，而汤威则带三百兵埋伏狮子山，插满军旗，让金兵不敢上前。到了箭筈岭，金没立得知乌鲁折合惨败，一看岭上全是宋军大旗，上面写着"宋将安雄"四个大字，一时惊慌，乱了阵脚。他与安雄打了不到两个回合，就放弃逃跑了。安雄率兵追去，获得战利品无数。

金人又吃了一次败仗，这可让兀术气坏了，以前都是胜利而回，现在遇上吴玠就没赢过一次。于是他发誓："不拿下和尚原，死也不回金国！"说完就率领十多万人马过渭河，垒石墙，沿路几十里烟火不断，与吴玠对战。吴玠一听兀术部队从水陆两路一起杀来，马上找来弟弟吴璘商量对策。吴璘认为，金兵进山后，可以派最好的弓箭手在两边埋伏，再派一两千精兵去敌人后方烧掉他们的粮草，万一遇到金兵，不要硬拼，而是让奇兵部队从旁边攻击。吴玠觉得可行，马上吩咐手下准备。

吴玠以少胜多大败金兵

这时,只听外面有人来报:"兀术已经在和尚原摆开阵势,要跟我们一决雌雄。"吴玠一听,立刻穿上战衣,领八千精兵,前去迎战。两军对阵,兀术身穿金盔银甲红铠战袍,立马在军旗下,举起长鞭便喊:"你们的皇帝不讲信用,到现在也没送来贡品,你们还不赶快投降,难道要自寻死路?!"吴玠大怒,边骂边提刀冲了上去。两人交战三十多个回合,还是没分出胜负。背后金没立的副将张漾举枪而来,宋将吴璘一看拉弓射箭,正中张漾脸上,张漾跌落马下。吴玠更是抖起精神,全力拼杀。正打得激烈时,忽然有人大喊:"后面起火了!"难道是宋军烧了金兵的退路?兀术大惊,马上派一队人马去救后方的粮草。

这时已经黄昏时分,晚风忽起,火势越来越大,满天通红,金兵的粮草难逃一劫。金兵大将斡离球被派回来抢救粮草,但路上杀出个安雄,安雄一不做二不休,把金兵打成两截,打得他们四散奔逃。兀术知道斡离球失败了,亲自带兵回营,但吴玠的部队紧追不放,金没立、乌鲁折合最后只能保护兀术逃走。

此时,又有人报:"粮草和路都被宋军烧没了,元帅还是快从渭河走吧!"惊慌之下,兀术等人走出和尚原二里远,一看眼前都是峭壁。还没等他们缓过神来,只听一声响,山上五百弓箭手一齐放下箭来,兀术身中两箭,扔下马就逃。而金没立拼命杀向大路,只见一箭飞来,正中他头上,金没立坠马而死。

金兵十万人马损失一半,满地死尸,足有几十里,军旗、战衣多得都能填满山峪了。乌鲁折合没有办法,于是让兀术脱掉战衣,剃了胡子,与自己一起逃出宝鸡。一路上火光通天,只看见一路人马拦在前面,原来是斡离球的残军,兀术稍微松了口气,但再看看自己与斡离球,都已经非常落魄,忍不住悲痛万分。这也难怪,兀术征战沙场这么久,从来没有这么狼狈过,还要乔装打扮才能捡回条命。但是,现在想这些都没用,兀术急忙回去,召集人马再来报仇。

　　而吴玠在这次战役中,可谓大获全胜,共杀了金将三百人,俘虏两万多人,获得的粮草多得都能堆成小山。后来,吴玠听说金兵已经逃出宝鸡县,退到云中,于是便派汤威守住凤翔,另派安雄在大散关把守,让弟弟吴璘留在箭筈岭,防备兀术再来骚扰。然后将战斗情况汇报给高宗,高宗皇帝感慨万千,跟旁边的大臣们说:"四川路途遥远,一直没有什么好消息。现在吴玠只用几千人就击退了几十万敌军,看来我可以安心了。"于是下令奖励吴玠的部队。

第二十回

韩世忠平定建州

　　要说这个时期的大宋真是内忧外患，刚刚赶走了金兵，建州的贼寇范汝为又起来作乱。这时，高宗皇帝首先想到了韩世忠，由于他善于水战，所以被派去建州剿匪。韩世忠接到命令，马上率领苏胜、霍武等一万人马到达建州。

　　当时贼寇的山寨位于上游，韩世忠怕他们顺流而下，一路上骚扰百姓，于是命令苏胜驾船在中游等候贼人，自己则带着两万步兵，水陆并进，直向贼营杀去。几路人马分头行事，韩世忠首先到达目的地。贼人一看是大将军韩世忠来了，没有一人不吓得没了魂魄，还没等打仗就先跑了。范汝为在逃跑的路上，遇到霍武一队人马上前拦截。只听霍武大叫一声："逆贼吃我一刀！"随即挥起钢刀，向范汝为砍来，范汝为措手不及，被霍武斩落马下，其他人立刻投降。

　　范汝为的弟弟范岳、范吉一看官兵果真厉害，于是打算逃走，可是他们没想到苏胜早已等候多时，怎么能让他们跑掉。两拨人马相遇，互相厮杀起来，死伤一片，最终范岳、范吉被苏胜活捉，后来由韩世忠下令斩首。

　　韩世忠杀贼寇，平定建州，受到当地老百姓的爱戴。但是他把贼寇全都杀死,李纲知道后极力反对。李纲认为,有的贼本质不坏,只是被逼无奈当了贼寇,如果都杀了会连累一些无辜的人,最好的办法是根据情况分别处理。韩世忠觉得有理,点头说是,更觉得李纲有勇有谋,是能干大事的人,于是与李纲谈论起国家大事来。二人越说越觉得志同道合,都盼望着早点打败金人,振兴大宋,只可惜现在皇帝打算求和,将来怎么样实在说不准。李纲不能多留,当天便告别韩世忠回福州去了,韩世忠将他送出建州三十里远才依依不舍地离开。之后,韩世忠听了李纲的话,帮助城中的老百姓恢复生活,还放了许多表现良好的贼寇回家种田。韩世忠离开建州的时候,老百姓个个泪流满面,一路送行。

韩世忠胜利而归,趁机向高宗推荐李纲,高宗当然知道李纲有些本事,于是趁机赦免了李纲的罪,封他为湖广宣抚使,配合韩世忠、岳飞等人消灭江西、湖广的盗贼,并下令把都城迁到临安。临安可是个好地方,南北畅通,鱼米之乡,盐运发达,正适合养兵练马,到了那儿,不用多久,复兴大宋就有希望了。

高宗到了临安,重用秦桧。但是大臣们对秦桧还是有所怀疑,他口口声声说要复兴大宋,但占着宰相的位子也不短了,却一点儿没提这件事。于是,高宗把秦桧找来询问,秦桧早有准备,回答说:"现在天下不太平都是金人和刘豫管辖的齐国争夺土地导致的,我倒是有个办法,那就是让北方人归顺金人,中原人还给刘豫,以大江险阻为界,各守各的土地,各管各的事,互相永远不干涉。"高宗一听,沉默很久,问:"那要依你说的,我也是北方人,该归谁管?"秦桧一愣,没敢出声。这可气坏了旁边的大臣,破口大骂秦桧无能、卖国。高宗也不高兴,于是免了秦桧的宰相之职。

再说伪皇帝刘豫,金国既然立他为大齐"子皇帝",那金国自然就是他老子,也就是"父皇帝",于是刘豫挑了个好地方——汴梁为都城。这时镇守河南的翟兴知道后,率领五千人马在凤牛山,打算截住刘豫的去路。刘豫知道翟兴的能耐,不敢硬闯,而是用爵位、钱财利诱他。翟兴最恨的就是这样贪图富贵、卖主求荣的小人,于是带着左右大将把刘豫派来的使者杀了,随后就去找刘豫算账。刘豫也很生气,摆开阵势,换上黄金战衣,手拿钢刀,前去迎战。

二人一见面,翟兴就扯着嗓门骂:"你个背叛国家的逆贼,今天让我来收拾你!"刘豫急了,说:"你我从来没有冤仇,为什么拦我?"翟兴立起眉毛,喊道:"你少来装傻,汴梁是中原最重要的地方,你不就想引金人过来,侵吞我大宋吗?"说完派出手下大将杨伟上前迎战刘麟,刘麟不是杨伟的对手,大败而逃,刘豫的部队后退五十多里,翟兴也没再去追。翟兴的部队的确勇猛,刘豫也不敢乱来,这时刘豫手下有个叫张汝弼的,他和杨伟有交情,就打算劝杨伟投降。

再说杨伟现在与翟兴为防备刘豫偷袭,分别住在不同的地方。张汝弼来到杨伟住处,两人果然关系很好,杨伟叫身边的手下退下,便与张汝弼聊起来。不久,只见张汝弼悄悄走出营地,回到刘营。张汝弼走后,杨伟马上去找翟兴,把守的士兵看见是杨伟,就没阻拦。杨伟来到翟兴床边,还没等翟兴张嘴问话,便拔出短刀向翟兴刺去,接着提着翟兴的脑袋出来,冲大家喊道:"翟兴不听劝,已经被我杀了,现在你们跟我一起投降刘豫!"手下士兵都知道杨伟厉害,没人敢反抗。但是翟兴带领这支部队很多年,平时对手下也很好,所以一半的士兵不愿投降刘豫,各自散去。杨伟带着翟兴的人头来见刘豫,刘豫一高兴,封他为兵马副元帅,掌握兵权。

第二天,刘豫顺利过了凤牛山,向汴梁前进。没过几天,到了东京汴梁,刘豫把祖宗都封为皇帝,安放在宋朝太庙里。当天忽然狂风大作,吹倒树木,折断大旗,家家房屋震动,满城官员、百姓没一个不吓得丢了魂儿,有人说这是老天生气了,在警告刘豫。但是,刘豫不但没有停止,更让儿子刘麟开设皇子府,把十多万身强力壮的老百姓抓来参军,又将东、西两京人家的坟墓挖开,抢夺钱财宝物。这哪是皇帝,简直就是土匪啊!周围百姓日夜被他骚扰,根本不能生活,心里恨不得一刀杀了他。

第二十一回

岳飞用计破曹贼

再说岳飞在洪州接到皇帝的命令,与韩世忠一起讨伐江西、湖广的盗贼,而这一带最厉害的盗贼就是曹成带领的十几万人马,他曾经从江西湖湘打到贺州、道州,杀死无数官兵。此人一天不除,百姓一天不得安宁。现在正好皇帝有旨,调来部队给岳飞差遣,还送来金字牌十面,黄旗十张,先去劝曹成投降。

这时正是绍兴元年四月份,夏天炎热,将士们一路上只看见树木花草蔫枯,更有人哭泣说:"哥哥,我走不动了。"这一趟十分艰辛,苦了战士们。终于,岳飞大军到达衡州茶陵县,把招抚贼寇的榜文到处张贴,希望贼人主动归顺。但是曹成仗着自己人马多,根本不把朝廷放在眼里。岳飞遵照皇帝的意思,对曹成先来客气的,但曹成不但不领情,还带人往广西方向去,分明是想在两广作乱。岳飞赶快报告高宗皇帝,并率兵从郴州、桂阳出发追击贼寇。

初步计算,可以出战的将士共有一万多人,而曹成拥有十万多人,虽然兵力相差悬殊,但岳飞有信心打赢这场仗。于是岳飞大军勇往直前,但由于粮草不足,所以向管河上运输的赵子璘借调。赵子璘知道岳飞这次来,还没得到朝廷的批准,就没给。岳飞这个急啊!粮草是关系胜败的大事,吃不上喝不上还怎么打仗!于是向皇帝要旨意,皇帝接到岳飞的信,气得差点从龙椅上跳起来,马上命令沿途官员配合岳飞,贡献粮草,不听话的立刻杀头!

再说曹成这边,防护非常严密,很难进攻。所以岳飞就时刻关注贼营,终于有一天抓住曹成派来的探子。岳飞假装不知道探子在营里,叫来手下问粮草还有多少,手下回答已经没了,因为路途遥远,天气炎热,士兵们水土不服,很多已经病倒了,所以不能及时运来粮草。只听岳飞一声令下,要带领部队回茶陵县驻扎,并嘱咐手下这事千万不能泄露出去,否则贼人肯定前来阻截。说完他回到住处,交代手下故意让探子逃脱。

这探子以为得到了重要消息,连忙报告曹成。曹成一听乐了,立刻派郝通、杨再兴等分兵前去埋伏,阻挡岳飞去路,并亲自带人日夜追赶。岳飞见探子上了当,便叫来张宪、岳云,让他们俩带着五千人马,先去曹成山寨附近埋伏,又派吴全、韩京、吴锡、张中彦等各领所部人马,堵住各路,以火箭为暗号,到时一起杀出包围贼人。而岳飞则亲自带领王贵、牛皋等部队退到茶陵。

曹成一看岳飞走了,便带人追,声势很大,最后将岳飞前后围住。正在曹成得意的时候,只见岳飞朝天空连放了三支火箭,霎时间,吴全、韩京、吴锡、张中彦等人的部队从四面杀来,将曹成一队围得水泄不通。曹成知道上了岳飞的当,于是拼命杀出包围逃回山寨。

就在回去的路上，忽然听见有人大喊："营寨已经被宋军焚毁，粮草一粒儿没剩全被抢走了。"曹成大惊，抬头看见火光通天，十里以外都能看见，老窝被端了，曹成只能逃到桂岭。此时，忽然从山坡后杀出一队人马，曹成大叫一声："死定了！"再一看，原来是同伙刘兴，刘兴早就埋伏在这儿，看见宋军实力强大，就一直没敢出来。在刘兴人马的掩护下，曹成先跑了，但刘兴被杀。

曹成逃到桂岭，桂岭这地方拥有地理优势，真正是一夫当关，万夫莫开。仗着地势好，曹成根本不怕岳飞追来。但他没想到的是，岳飞下令立刻攻岭，并带领一千人马出战。岭上贼人一看下面有人上来，便连石头带箭一起往下滚射，岳家军受伤，不敢再往前走。岳飞一看，自己拿着盾牌冲了上去，不一会儿就上了桂岭。曹成大败，又跑了。到此为止，岳飞攻破三关，招抚贼人三万多人，杀贼一万三千多人，生擒贼将郝通、杨再兴。岳飞派人把守要塞，让张宪、王贵领一万人马追拿曹成，自己则带部队回茶陵县。

曹成哪儿去了呢？原来他自上梧关走出半岭，吓破了胆，连人带马跌下山崖，头和脸都伤了，但硬撑着起来，连夜逃出湖南，投靠了豫章的贼人。大家都知道曹成的大名，推举他做了头儿。曹成知道岳飞的部队追来，不敢迎战，只是坚守营寨，希望朝廷能够招安。此时，正好韩世忠平定了贼人范汝为，回去休养军士，路过这里，就派董旼去招抚曹成。曹成一看韩世忠的人来了，连忙拜谢老天，说："这真是老天爷开眼，放我一条活路啊！"于是带领手下全部投降。

韩世忠又招得人马近百万，高高兴兴往回走。张宪、王贵知道此事后立刻报告岳飞，岳飞一听心里十分痛快，派人上奏高宗皇帝，并下令在茶陵大摆宴席，好好慰劳下将士们。高宗为了表彰岳飞，又升了他的官，并奖励所有将士。岳飞没有辜负皇帝的信任，又在筠州消灭了贼寇首领李宗亮、张式等人，招抚了一万八千人，并把他们分派到各地训练，守卫江汉。

岳飞办事，高宗最放心，现在贼寇杀得差不多了，天下终于暂时安定下来，于是高宗又派他去别处公干。但是就在岳飞动身之前，刘大中又向高宗建议："岳飞训练将士有一套，如果现在走了，盗贼肯定又要作乱。最近，贼人李成就趁着金兵入侵，召集了三十多万人马，占据江淮十多个州，自称'李天王'，看样子是想霸占整个东南地区。而派去的张俊没能拿住他，如果能让岳飞一起出战，一定马到成功！"高宗一听，是好主意，于是批准。岳飞立刻带兵从筠州出发，来到鄱阳，与张俊会合。

第二十二回

岳家父子擒贼王

　　却说李天王这边，派手下死死守住营寨，张俊人马一个也进不去，宋军看见贼人声势浩大，也都害怕。于是张俊对岳飞说："我总是打不过李成，你有什么好办法？"岳飞回答："其实李成这个人特别贪婪，从不考虑后果。我可以先带三千人马到上流，杀他个措手不及，你再带人来接应我就行了。"张俊赞同。

　　岳飞立即带领部下张宪、王贵、岳云等，从上流过了生米渡，杀死把守贼人几十个，又悄悄前进。贼头马进的营寨靠山屯扎，岳飞的人马忽然杀出，贼人冷不防，不知道宋军带了多少人马，吓得拔腿就跑。张宪等人趁机追上。追到河边，马进搭了一座土桥跑了，剩下贼人两万多人，全部归降。

　　岳飞收服了贼人，连忙去追马进，但是河水上涨，才通过一半人马，土桥就塌了。马进远远看见岳飞的部队过不来，就带着五千人回头攻打岳飞。岳飞气得拉弓就射，正中马进，马进跌下马死在桥边上，贼人大败。

　　此时张俊人马赶来救援，岳飞临时下令搭起一座桥，大部队顺利过河。而马进的弟弟马雄一看宋军厉害，带着手下就往筠州跑,岳飞立刻下令:"谁抓住李成有重赏,放走贼人的杀无赦!"只见部下个个奋勇追敌。就在马雄与赵万逃跑的路上,突然山坡后鼓声震天,杀出一路人马,带头的不是别人,正是少年猛将岳云。原来岳飞早就猜到贼人会从这里去建昌报告李成,所以先让岳云、张宪在朱家山埋伏等候。

岳云见贼人到了,拍马举起八十斤重铁锤直奔马雄。马雄舞刀来迎,二人大战几个回合,马雄打不过岳云,于是贼人赵万上马挺枪助战,而张宪也在这时杀上来,抵挡赵万。这样一来,岳云可以专心对付马雄,当头一锤就把马雄打死。赵万看了,惊慌失措,被张宪劈作两段,随后岳飞的部队赶来,杀得贼人尸横遍野,血流成河。岳飞于是在朱家山安营扎寨。

岳飞大战贼寇的消息早有人报告给李成了。李成身为天王,不可能坐视不理,亲自率领十万人,离开建昌等待岳飞。而岳飞与张俊合起兵力,更有了把握,冲着李成喊道:"李成狂贼!今天你要是肯归降,就免你一死,不然我决不轻饶你!"李成怎么可能投降,策马就杀过来,直奔岳飞。不到十个回合,李成招架不住,回头就跑。张俊在一旁看见岳飞赢了,迅速带领手下趁机杀上去,贼人大败,八九万人一起投降。而李成单枪匹马拼死杀出去,投奔刘豫去了。

岳飞大胜,把投降的贼人送回筠州,给他们房屋土地,让他们能够安定地生活。张俊也因为这次战斗更加尊敬岳飞,二人还打算一起去消灭江西余孽张用,最后张俊给了岳飞步兵三千,送他起程。

　　岳飞没有马上攻打张用的营寨,而是先派人送去书信和他好说好商。张用知道岳飞的人来了,马上命人请进来。只见信中写道:"自从上次一别都过这么久了。将军你的威名一直让我尊敬,现在有人说你在江西召集人马抢掠百姓,打死我也不信。如果将军一定要和我对战也没办法,但如果想叙叙旧,可以来我这儿做客。将军若归顺朝廷,一定会被皇上重用。"张用边看边念给老婆听,两人商量怎么回复。

　　张用的老婆是个明事理的人,她说:"咱们为了躲避金兵才被逼逃到这里,怎么就成了盗贼了! 既然岳飞有规劝的意思,咱们就该改邪归正,为国家效力,这是好事啊!"张用连忙称是,跟岳飞的人说:"岳飞可真是我的再生父母啊。"于是,带着手下一起投奔岳飞。

　　张俊听说此事,对岳飞更加佩服,将情况报告给高宗皇帝。高宗皇帝赐岳飞金酒器一副,并让岳飞留在江州。

　　这年八月份,高宗召集大臣们谈论时事,其中胡安国议论得十分精彩,深得皇帝欣赏。胡安国就是之前我们提过的胡寅的父亲,对《春秋》非常有研究,往往借《春秋》的寓意,来说明现实的问题,后来高宗让他专门讲解《春秋》。

　　综观整个朝廷,忠臣不少,各做各的事情,但是他们之间也有过节儿。就说张浚吧,他听说高宗要重用王似,心里很不舒服,于是叫来刘子羽商议对策。但刘子羽却说:"大家都是为朝廷办事,不用想这么多吧。眼下撒离喝正攻打金州,火烧眉毛了。把守在那儿的王彦急切地派人来求救,咱们应该以国事为重啊!"张浚恍然大悟,命令刘子羽去援救王彦。

　　此时，王彦兵败奔石泉，撒离喝紧追不舍。于是刘子羽派田晟带领精兵两千把守饶风关，先阻挡敌人来路，然后再派人去和尚原，召集吴玠的部队前来，接应田晟，自己率领三千兵马随后就到。

　　吴玠收到子羽的消息，让弟弟吴璘留守和尚原，自己则带四千兵马日夜赶路，与田晟会合，而此时敌军还在五十里外。于是吴玠想到一个办法，他派人给撒离喝送去一些黄柑，表面上是让敌人拿去解渴，实际是告诉他们宋军神速，已经到达饶风关。

　　撒离喝一看大吃一惊，当即命刘夔带二百多人先去攻打饶风关，自己率大队人马随后赶来。而吴玠令将士们在关上守候，看见敌人就放箭，扔石头，就这样两军奋战了七天七夜，吴玠、田晟一起拼死抗敌，死伤很多，而金兵也都各负重伤。撒离喝一看攻不下来，下令在关下面架起云梯、木架等挡住弓箭，打算硬攻。吴玠一看，没有慌张，正所谓你有上策，我有下策，于是命令施放火箭，烧得云梯火焰冲天，金兵尸体如山丘般高，再没敢硬攻。

第二十三回

吴璘大战仙人关

吴玠、田晟死守饶风关，撒离喝打也打不进去，一时没了主意。这时有一个熟悉地形的人建议他从左面的小路走，到达祖溪关就可以绕出饶风关，再到兴元府只有一百里路程。撒离喝一听，紧锁的眉头也展开了，立即集合几百名不怕死的勇士，按此路线走去。

而吴玠与田晟在关内见金兵没有动静，吴玠说："为了万无一失，我们应该把守住小路，阻挡敌人逃跑。"两人正说着，外面来报敌人已经出了祖溪关，占领险要地形阻挡我军前进。吴玠大惊，跟田晟说："你在这儿死守，我去保护兴元。"说完，他骑马上路，带兵出洋州来与子羽会合。结果撒离喝带领大军攻打洋州，宋兵大败。

吴玠见到子羽，难过地说："我们没能阻挡住金兵，现在敌人来了，还是后退到西县再作打算吧。"子羽回答："兴元保不住，西县也就完了。现在金兵到处作乱，西县不是扎营的地方，还不如咱们一起守住定军山，依靠地理优势等待敌人。"吴玠皱了皱眉，说："定军山虽然好守难攻，但是粮草运不进去啊，如果西县被敌人占了，一年的粮草就没了。还是我带着部队在西县保护粮草吧，金兵来了，我先挡住他们，你再来救援。"子羽同意，退到大安军的三泉县。

此时撒离喝的部队进入兴元，在金牛镇扎营，声势很大，整个四川都震惊了。由于急于拿下三泉县，所以撒离喝即刻下令出兵。子羽这边人还不到三百，奋力抵抗，粮草也都没了，只能吃树皮、野草、木甲，于是派人给吴玠捎话："再不来，咱们就永别了！"

吴玠看后并没有出兵的意思，旁边张彦急忙说："现在子羽被敌人包围，三泉县要是保不住，西县也难守，咱们就不管了？""不能这么对子羽！"只听见杨政也大声喊道。吴玠一看大家都生气了，于是赶到子羽营中，跟他说："我知道三泉是四川的要害，但是关外的敌人也不能忽视，咱们一起去仙人关退敌。"说完子羽随着吴玠杀出三泉，而杨政等人也拼死参战。

到了仙人关，子羽一看地形的确十分险峻，于是跟吴玠分别驻扎，一个在仙人关，一个在覃毒山。撒离喝的部队动不了，前后有子羽和吴玠的兵马看守，军中粮草也没有了，于是跟部下商量撤退，等准备充分再来战斗。况且撒离喝他们是北方人，来到四川水土不服，很多将士染上重病，根本打不了仗。再说张浚知道金兵要走，就想撤兵去守潼川。但是子羽知道后不同意，因为有他在，敌人不敢往南去，所以张浚还是应该按兵不动。

金兵果真撤退，子羽与吴玠一起行动。吴玠派手下绕出褒谷，阻挡敌人回去的路，子羽则带兵最后追上。就在撒离喝即将要走出斜谷时，山峡边忽然杀出一路人马，领头的正是吴玠。金兵大惊，金将武从龙提起大刀就杀向吴玠，两人交锋，打了十几个回合，再一听后面喊声震天，刘子羽的部队来了。金兵前后受敌，乱了阵脚，终于大败，武从龙逃跑。子羽与吴玠收兵，回到兴元，把守两边。

而撒离喝走出斜谷，回到凤翔府，兵马只剩下三分之一，立刻找来武从龙、刘夔商量怎么除掉吴玠、刘子羽这两个心腹大患。可是吴玠深受部下拥护，个个死心塌地跟随他，而刘子羽又英勇过人，想打赢他们真是比登天还难。于是撒离喝又使出以高官厚禄收买人心这一招，派人给子羽送去一封信。子羽一看信里的内容，气得将它撕碎，扔在地上，命令手下杀了使者，只留下一人回去报告撒离喝。撒离喝气坏了，大声喊着："好个刘子羽，给你软的你不吃，那咱们就来硬的吧，我不拿下川、陕，决不罢休！"说完派人让兀术部队过来。

兀术得到消息后，率十万大军与大将韩常分道前进。吴玠知道金兵集合人马来仙人关，马上派人去和尚原找弟弟吴璘过来救援，并让他驻兵在金坪。兀术人马果真攻破了和尚原，直奔仙人关，重修被宋军烧毁的栈道。

此时吴玠在关上远远看见金兵旗帜无数，把关下团团围住。旁边杨政见了，忙说："趁金人刚到，还没安排好一切，咱们可以杀他个措手不及。"但是吴玠认为，金兵从大老远来，支持不了多久，只要宋军守住不战，就有把握赢。这时王俊说话了："敌人都杀来了，整个四川百姓人心惶惶，怎么能不出兵呢？就让吴璘绕到敌人后方，断了他的粮草，我去前面攻打,怎么样?"吴玠思索片刻,同意了。

这边吴璘率领五千精兵直奔仙人关,但是这里早就被兀术与撒离喝占领,金营遍布几十里。吴璘走到附近,忽然杀出两个金将,这就是撒里干和孛堇真白。吴璘拍马挺枪,直杀向二人。只见撒里干手拿利刃来迎,没打两下,吴璘一枪将他刺下马,杀出一条出路。孛堇真白随后赶来,吴璘放下长枪,举弓射箭,孛堇真白坠马而死。

就在吴璘继续拼杀的时候,前面一彪金兵闪开一条路,旗号分明,原来是大金副元帅兀术来了。吴璘更打起精神,与兀术厮杀,大约十几个回合,吴璘抵挡不住,夺路而走。只见金兵漫山遍野地杀来,吴璘挥舞短刀,杀敌无数。眼看离金阵还有十五里远,吴璘已经满身血污,只剩两千多人,但是他毫不退缩,勇往直前。

而这时,又有两路人马阻挡去路,声势浩大,这就是撒里喝的部队。吴璘这次率领五千步兵,转战七天七夜,就算是铁人也受不了啊!就在他与金兵决一死战的时候,忽然听见有人大喊着冲过来,原来是哥哥吴玠。吴玠杀开一条血路,救出吴璘,进了仙人关。

第二十四回

张浚被劾贬岭南

兀术与撒离喝追到关下，下令搭云梯进攻。而宋将杨政则命令将士们用长竿捣碎云梯，再用长矛刺杀下面的敌人。金兵死伤很多，不敢不后退。就这样，兀术一连困了十天，还是没办法。于是召集撒离喝、武从龙、刘夔、韩常、刘长吉等计划，把人马分作两路，前后攻击。说完，兀术的人摆东阵，命韩常人马摆西阵。

吴玠这边，手下都争抢着上阵杀敌。于是吴玠派王喜、王武领步兵四千人，从关顶半岭杀出，制造声势，等到快黄昏时，直接杀进金兵东阵。再让洪威、王俊带兵埋伏在河池，等到敌人战败，封住后路。最后命张彦率领五千精兵，出关劫夺横山寨，抵挡金兵。

第二天傍晚，吴玠开了仙人关，带五百骑兵下来先斩了金将大耳儿，再向兀术杀去，正好遇到吴璘杀入，兀术阵脚大乱，此时王喜、王武又带人从左面杀出，将兀术部队冲作两段，金兵大败。兀术一看宋旗无数，军鼓震天，不知道对方有多少人马，不敢交锋，于是逃到西阵。

位于西阵的韩常刚要去接应兀术，只见宋军从横山寨杀进来，烧毁粮草。韩常顾头就顾不上尾，只能死守西阵。这时，前方杀来一个人，此人面红发黄，手拿铜鞭，指挥前冲，原来这就是勇将张彦。二人大战十几回合，宋兵从四面围攻，韩常后退回西阵。回去路上正遇到兀术人马，韩常掩护兀术出黄牛峡，自己回去挡住张彦。张彦二话没说，拿起弓箭，正射中韩常左眼，韩常坠马而死。

此刻，兀术与撒离喝、武从龙、刘夔等人带着残兵向黄牛峡走去，眼看太阳就要下山了，忽然从旁边杀出一队人马，这就是杨政。兀术等人拼命抵抗，手下死伤多半，刘长吉慌乱之中掉下山崖而死。撒离喝连夜走出河池，没走几里，就被洪威、王俊埋伏的人马截住。而兀术早就吓破胆了，只能拼死冲开一条血路，向和尚原逃去。沿途尸体、军旗堆满河岸，哭声喊声让人听了心寒。

王俊见天黑了，没有追赶敌人，而是来吴玠这里会合。吴玠整理人马，损失也比较惨重，但是杀了金贼五千多人，招降四万人，获得粮草三百车。吴玠没有因此沾沾自喜，而是吩咐手下小心提防敌人，并派王喜、王武守住和尚原，让张彦、王俊守横山寨，命令弟弟吴璘仍旧守杀金坪，自己则留守仙人关。金兵方面知道吴玠不好惹，退回凤翔，再不敢轻易出兵。

再说另一边，张浚知道金兵入侵仙人关，吴玠大胜，就向皇帝报告，极力赞赏吴玠，排斥王似。高宗皇帝不知道怎么办，叫来朱胜非。朱胜非跟张浚向来就不和，所以跟皇帝说："陛下应该收回兵权，让他们回来。"于是高宗皇帝召回王似、

仙人关前金兵再受重创

吴玠和张浚，让吴玠当王似的副手。张浚接到命令，立刻起程回朝。

皇帝见到张浚也很激动，一边设宴慰劳他，一边与他聊起从前。但是好日子不长久，没过几天，朱胜非就和朝中大臣联合向皇帝上奏："刘子羽犯错，张浚不罚，违反了军法，应当治罪，否则成何体统。"在大臣们的劝说下，高宗无奈，把张浚贬到福州。

张浚走了，高宗开始重用赵鼎，让他管理川、陕、荆、襄等地事务。但是赵鼎推辞，没想到高宗非常坚决，说："现在四川已经平定，我把半个天下都给你管理，你要用心啊。"皇帝这么器重赵鼎，这又引起朱胜非的嫉妒，所以他处处阻碍赵鼎办事。赵鼎一气之下，向皇帝表明："张浚有功，结果被贬，现在我想尽心尽力为朝廷办事，却总遭到小人阻挠，请陛下为我做主。"高宗了解情况之后，批准了赵鼎的治理方案。

话分两头。金国战败，也不肯消停，派李永寿、王翊前来与大宋讲和，要求中原人在江南的还给刘豫，黄河西北人在江南的还给大金，以长江为界，江南为宋国，江北为齐国。高宗皇帝不知如何是好，叫来大臣们共同商量。朝中多是胆小怕事的人，主张讲和。只有吕颐浩反对，但是高宗偏向讲和，结果吕颐浩辞官回家了。

就在此时，殿外来报，虔、吉二州盗贼猖狂。而吉州贼头彭友手下有李动天等十人，号为"十大王"。虔州贼头陈颙手下有罗闲十人等，队伍庞大，分别在广、惠、英、韶四州，南雄、南安、建昌、邵武四府作乱，危害很大，于是高宗急召岳飞前去剿灭。

这时正是绍兴三年四月,岳飞领命,带着张宪、徐庆、王贵等共一万人马前往吉州。再说吉州贼头彭友听说岳飞来了,赶忙召集人马,摆开阵势准备迎战。没过多久,就看见一大队人马远远奔来,走在最前面的正是岳飞,他身披铠甲,手拿利枪,一个手势指挥部队停下,冲着彭友喊道:"我看你面相不像是贼寇,为什么不改邪归正,干一番大事?"彭友可不是软耳根,拍马就杀过来。此时张宪首先冲了出去,与彭友对战几个回合,也分不出胜负。

岳飞见张宪拿不了彭友,自己亲自上前,只两个回合就将彭友捉上马。同时,张宪率兵一起与敌人拼杀,贼众大败,退到固石洞。岳飞将彭友关起来,并下令追敌。陈颙、李天王等也抵挡不住,勇将杨再兴一马当先,一刀砍死陈颙,李天王惊慌过度,被宋军围攻杀死,贼党大败投降。

到此为止,虔、吉二州的盗贼被剿灭,岳飞招降两万多人,将其中百姓放回家,选择年轻壮士入伍参军,并把获得的财物赏给将士们。处理完毕,岳家军班师回江州,报告高宗。高宗急忙召岳飞来见。于是岳飞令张宪、王贵等人管理部队,自己与儿子岳云进宫面圣。

第二十五回

宋高宗御驾亲征

  却说岳飞带着儿子进宫拜见高宗皇帝，并没有将大败贼寇的功劳归于自己，于是更得到高宗的尊敬。高宗一高兴，升了岳飞的官，让他管理江南西路，并任命岳云为遥郡刺史。除此以外，高宗赐给岳飞朝服、公服、战袍各一套，大红旗一面，亲手写上"精忠岳飞"四个金字，以后出战可以树立军威，激励将士。

  岳飞拜谢高宗皇帝，但不同意儿子岳云当此官，于是第二天呈上一封信。信上主要是说岳家受到皇帝的恩宠，万分感激，但是岳云还太年轻，没本事担当此职，难以让将士们心服口服，会导致人心散乱，况且平定贼寇靠的是将士们英勇顽强的精神，而不是岳云的功劳，如果一定要封岳云，就等他立下战功再说。这次高宗真的被岳飞的正直打动了，收回命令，改封岳云为武翼郎，赏赐白银两千两给他手下将士。

  再说大宋和金国谈和的事。胡寅见朝廷派人去金国讲和，心里十分不平衡，就到内殿跟高宗说："金人十分狡诈，千万不能讲和啊。咱们应该休养生息，训练将士，收复中原，把赔偿金国的钱拿来奖励百姓和将士，这才是长久之计。况且陛下忘了两位皇帝还在受苦，金人霸占我京都，屠杀百姓！自从建炎元年到绍兴三年，陛下每次派去金国的使节，有谁见过老皇帝？拿去的财物又有什么用？得到了什么好处？陛下该醒醒了，现在他们怕我们才要讲和的，一旦引狼入室，就晚了。陛下万万不能听秦桧的话，断送我大宋江山啊！"这一番话都是胡寅在内殿悄悄对皇帝说的。

那么什么是内殿呢？当时高宗在临安府的行宫，前后只有一殿，早晨朝见百官，叫外朝；退朝后，大臣们议论政事，叫后殿；而饭后单独面见皇帝，叫内殿。可惜高宗偏向讲和，胡寅不忍心看到大宋就这么毁在奸臣手中，于是跑到邵州居住去了。

与此同时，齐国伪皇帝刘豫派太子刘麟去金国请兵入侵大宋，于是金太宗与大太子粘罕商量。就在这时，四太子兀术打仗回来，死也不肯再去攻打大宋。他说："我夜观星象，南宋的帝王星明亮起来，况且江南一带低湿，这几年东征西讨，将士们都累坏了，没粮没草，去了也是失败。"粘罕不同意，他认为兀术这是在找借口。太宗想了想，说："天时不如地利，我军在南方住得久了，的确水土不服，兀术说的都是实话。"于是让刘麟回去告诉刘豫，他要再考虑考虑。

刘豫没请来救兵，眼看岳飞的势力越来越大，沿江堆积粮草，大有来收复中原的意思，愁得睡不着觉，于是又派侄子去找金国父皇。金太宗一看，信中写着："南宋岳飞父子太厉害了！现在他们储备粮草，不久就得杀过来，如果父皇不早做准备，河南、河北就保不住了。我的兵力太少，希望父皇派兵从密州入海，夺取运粮的海船，再去明州抢了御船，到达钱塘江口驻兵，烧了岳飞的战船，直接去临安集合大部队，抓了宋高宗，一统江山。"金太宗心想，刘豫倒想得明白，于是派粘罕、挞懒率领渤海汉儿军五万前去灭宋。由于四太子兀术知道江南地势，所以金太宗命他带领七万金兵，率先向密州进发。

第二天退朝时，兀术特意走到哥哥粘罕身边，说："不要听刘豫的话，咱们北方人只会骑马射箭，没学习过打水战，还是从汴京去吧。"粘罕同意，没有走密州，而是去汴京与刘豫的人马会合。刘豫等到金兵，乐得合不拢嘴，立刻派儿子刘麟、侄子刘猊率领十万大军，与金兵分路前进，入侵大宋。两队人马离开本地，一路上只见刀枪一片，旗帜满空，人马随处停留。

消息报告到高宗那里，高宗大惊失色，召集大臣商量对策。有人建议先退到福建避难，等援军来了再回来。张浚则认为此时此刻，皇帝应该与众将士同心协力，一起抗敌，这样才能增加军民的信心。高宗不知听谁的好，又转身问赵鼎。赵鼎同意张浚所说的，并请求前去抗敌，但是临走前，他仰天哭诉："现在我大宋居然没有一人能去退敌，朝廷白白养了这些官员，大难当头都躲起来，这跟鸟兽有什么区别？人家是人，我也是人，现在只有我愿意拼死杀敌啊！"高宗听了不禁泪流满面，说道："我只想换回老皇帝他们，没想到金人欺人太甚，我亲自率六师到于长江，与金贼决一死战。你和张浚跟我一起去点人马，从国库拿银子赏赐将士们，快去！"

没想到赵鼎只是说了几句，就深深打动了高宗。赵鼎暗暗高兴，回道："就因为咱们大宋长年软弱，才使金贼这样猖狂，现在陛下亲征，将士们一定会奋勇杀敌，百战百胜！"赵鼎不愧是皇帝的心腹，嘴也太甜了。于是，高宗将兵权交给赵鼎，并派张浚先去江上整理各路人马。而天下百姓知道皇帝亲自出马，也都鼓足勇气，全力支持。

第二十六回

韩世忠大仪报捷

　　绍兴四年十月，赵鼎与张浚亲自训练部队。张浚看着一个个精神抖擞的战士，一排排整齐有素的队伍，拉着赵鼎的手激动地说："这就是我一直盼望的，多亏了你啊！"赵鼎笑笑，摇摇头说："哪里哪里，这还是将军你的功劳。"于是二人算了算，大约有二十万人马，回报高宗。高宗一听，这些年也没白折腾，再不用怕金人了，决定亲自上阵。

　　此时，张浚上前报告高宗："陛下应该把岳飞叫来，率兵渡江入淮抵抗敌人，我去镇江召刘光世、韩世忠等与兀术决一死战，陛下带领大军出平江拿下齐国。"高宗点头同意，即刻派人去找岳飞，并让官兵护送后宫去温州，上船入海，暂时不去投奔福建泉州了。

　　别人都去准备了，只有赵鼎比较有心计，他怕高宗变卦，凑到跟前说："陛下养兵有十年了，今天正是用他们的时候，将士们听说陛下亲自出征，一个个全都发誓死也要打赢这场仗。如果陛下有丝毫退却，那人心就散了，江山就保不住了。"高宗听完，有点感伤，说："不是我不想打它金国，而是怕连累了老皇帝和太后，到现在还不知道他们的下落呢。但是现在我决心已下,决不反悔,你就以此去激励战士们吧!"于是赵鼎跪拜退出。

一切就绪,高宗出了临安府,各位将军率领部队,分路前进:江东淮南一队,由刘光世率领;镇江建康淮东一队,由韩世忠率领;荆南、岳、鄂、潭、鼎沣、贵六州并汉阳部队,由张俊率领;江西路舒州、蕲州部队,命岳飞率领;利州一队,由吴玠率领;明州沿海一队,命郭仲荀率领。赵鼎安排完后,一班文武大臣随着高宗皇帝一起出发。高宗认为,应该先派人去金国展示一下宋军的规模,然后再出战,并命令韩世忠部队从镇江去往扬州,配合自己打仗。

虽然大臣们都反对,但高宗不听。既然已经决定跟金国翻脸,出兵决一死战了,还派人去金国有什么用,况且韩世忠把守镇江十分关键,怎么能说走就走,看来高宗皇帝嘴上说得不错,但心里还是在犹豫,在害怕。

而韩世忠在镇江接到皇帝的命令,真是又悲伤又无奈,心想:主子都这样软弱,还让我们这些做臣子的怎么去打仗?于是找来手下商量:"兀术和聂儿孛堇的部队现在杀到江上,如果我去扬州,长江肯定保不住,那么江南一带怎么办?"

正犹豫着,忽然外面来报:"我国派去金国的使者路过此地。"世忠听了,突然想到一计,说:"近日聂儿孛堇几次想破镇江,因为我在这儿他一直没敢来,现在咱们就假装……怎么样?"于是韩世忠令部队收起炉灶,等使节到了,只给他些干粮,并告诉他:"这么久以来,与金兵交战,我们的储备都空了,没有什么能给你的,况且我接到命令要去扬州,还请你原谅。"使节魏良臣一听就不高兴了,但也不能说什么,就上马走了。

韩世忠看使节走了,皇帝那边又催他快去,于是派解元领兵三千守住承州高邮县北门,这可是重要地方;派董旼带两千骑兵去天长县鸦口桥,等战败的敌军人马走过一半时,再出战;自己率领骑兵两万,假装去扬州,实际上在大仪围起栅栏,截断敌人的后路;派苏胜列兵于江口,埋伏好四千精兵,等金兵一到,便冲上去;让霍武领两千人马,各拿长斧利刃,在背面埋伏,听到鼓声杀出来。至此,韩世忠将部队全都安排妥当,可以说是万无一失了。

再说魏良臣来到金营,先见聂儿孛堇,说明两国交战的利害冲突,劝说金国撤退。聂儿孛堇没理他,问:"你从宋国来,那边有什么动静吗?"魏良臣回答:"最近路过镇江,看见韩世忠部队粮草都没了,将士没有斗志,朝廷又叫他去扬州,我走的时候他就出发了。"

聂儿孛堇一听韩世忠走了,心情一下爽快起来,立刻带兵到江口,离大仪五里远,插满军旗,声势浩大。他派勇将挞不野、副将撒孔儿带领铁骑兵前去出战。这时正是初冬季节,清早雾很大,就连几米内都看不清楚。韩世忠知道敌人来了,马上击鼓通知部队准备。苏胜听到军鼓声,带着四千精兵截出江口,旗色与金人旗混成一片,喊声大震。

挞不野不知道宋兵是从哪里冒出来的,知道中埋伏了,急忙往回跑。只见霍武从后面杀出,两面夹攻,金兵大败。聂儿孛堇带兵杀回原路,被韩世忠的骑兵截住,慌乱之中,金兵纷纷陷到沼泽泥地中。聂儿孛堇在逃跑路上遇到挞不野，挞不野拼死掩护，自己阵亡，聂儿孛堇逃向高邮。

聂儿孛堇没有想到的是，韩世忠早就部署好一切，等他刚到河口，就遇见埋伏在那里的解元水军。聂儿孛堇不敢抵抗，只一路逃跑，走出天长，却又遇见董旼一军拦住去路，几次厮杀过后，聂儿孛堇只剩下五千骑兵，连夜逃回北方。

韩世忠大军大胜，杀金兵六七万人，俘虏二百多人。韩世忠料事如神，将士们好奇地问他："将军用两万人就能制服金人，是怎么回事呢？"韩世忠笑笑，回答："金贼一直在打探我军情况，那魏良臣是个小人，去了金国肯定跟他们报告我军情况，我故意哭穷，假装去扬州，孛堇还不趁机出兵？"众人听完都佩服韩世忠有勇有谋。消息传到高宗那里，高宗倍感安慰，称韩世忠为"中兴武功第一人"。

第二十七回

岳飞两战破李成

再说刘豫那边对大宋一直虎视眈眈，李成、杨幺等人聚集人马准备入侵，对大宋来说，眼下最重要的就是拿下六郡，然后再派兵去湖、湘一带，剿灭贼寇。由于岳飞最了解那边的情况，于是高宗与赵鼎、朱胜非商量，派岳飞前去。岳飞接到命令立即带兵前往，路过蕲州，听说齐国大将京超占领此地，军队庞大。岳飞心里十分气愤，在渡江时对天发誓说："要是不能除掉京超，再不过此江！"

京超这边听说岳飞来了，心中一惊，马上关上城门，但是岳家军已来到眼前。远远看见城上的京超，岳飞喊道："你我本来都是为皇帝效命，为什么跟着刘豫造反？"京超没出声，他手下的刘楫走到前面，跟岳飞说："今天咱们各为其主，你不用再说这些废话了。"岳飞正在气头上，得知军中粮草只够一天吃的了，沉思片刻，对手下人说："放心吧，明天城门开了就有粮食了。"

第二天黎明，岳飞召集所有将士，说道："我们到了这里，后方援助没到，前方敌人闭门死守，大江阻隔，没有退路，只能拼死一战，攻破城门，粮草自然有的是。有功的人一定重重有赏,违抗命令的人,杀!"说完他下令击鼓前进,带勇士五百人向东北城角去,将士们一个踩一个爬上去,没过多久就攻下此城。京超没想到输得这样容易,眼看岳飞进来了,自己无处可逃,只好跳崖死了。岳飞活捉了刘楫,刘楫这回不敢那么狂妄了,连连磕头让岳飞饶命,这样的懦夫怎能留他,岳飞将他处斩。接着,岳飞前往蕲州,兵分两路攻打郢州、随州。

岳飞兵马到了襄阳,正遇着齐国将领李成带兵出城四十里迎战,大队人马在岸边摆开阵势。岳飞一看,笑了笑对将士们说:"以前这贼人就常输给我,几年不见,我以为他进步了,没想到还跟以前一样,把骑兵放在险要位置,让步兵留在平地,这样一来,就算他有十万人马,也是输定了!"于是岳飞命张宪、岳云带着步兵两千,拿长枪,打敌人右边的骑兵;派牛皋、王贵领骑兵两千,打敌人左边的骑兵;自己则率兵从中路杀出。各路兵马出发,喊声连成一片,李成招架不住,大败而走,岳飞收复了襄阳府。

然后岳飞立刻向高宗禀告:"虽然金贼与刘豫霸占我国土地,但是老百姓心里还是向着大宋的,如果能派二十万精兵,直杀入中原,就能收复失地。我现在在襄阳、随、郢一带驻扎,等粮草来了,再过江北剿灭敌人。"高宗批准。到此为止,韩世忠在金陵,王之奇在两淮,岳飞在鄂州,吴玠在梁、洋,各路都已安排妥当。

再说岳飞大军进邓州驻扎,听说李成投奔金人,粘罕派副将刘合孛堇率领人马与他一起来攻打邓州。兵来将挡,于是岳飞派出张宪、牛皋从光化路走，绕到敌人后方；命赵云、李宝在横林埋伏，敌人经过时，从中间截杀，随后自有援兵；让徐庆、岳云率骑兵五千，横冲敌人阵营。

第二天，岳飞摆开阵势，亲自杀向金将高仲，只一个回合，就活捉了高仲。随后各路人马前后夹攻，左右埋伏，将金兵打得落花流水，刘合孛堇、李成惊慌无措，弃马逃走。

此时高宗刚到平江府，听到岳飞传来的喜讯，龙颜大悦，连连跟大臣们夸岳家军真是训练有素，奖励岳飞，随后又派他去庐州解围。岳飞辗转作战，实在太辛苦了，刚平定邓州，又来到庐州。这时，金将乌撒孛堇正带领两万金兵攻城，一听岳飞的人马来了，马上停止攻打。岳飞先派牛皋带领几百骑兵悄悄接近敌人，然后竖起岳家军"精忠岳飞"的大旗，金兵一见绣旗，吓得不战而退。岳飞见敌人一点没有斗志，下令前去追杀，果然金人大败，岳飞轻易地解了庐州之围。

岳飞完成任务，向高宗汇报战绩并要些钱财分给百姓，让他们重建家园，这样自然就没人去做强盗了。高宗批准，升岳飞为节度使，管理湖北洛、荆、襄、潭等州。从此，岳飞的威名被更多人知道，他深受百姓的爱戴。

另一边，金将聂儿孛堇被韩世忠打败，逃回北方。挞懒与兀术的部队又被韩世忠大军挡住去路，于是兀术派人约战韩世忠。韩世忠一看，金人主动找上门了，更应该谨慎出战，所以命令将士们要小心把守江口去路。然后韩世忠派手下王愈等三人给兀术带去黄橘、苦茗，并替张浚转告说自己在这儿没什么好东西奉献，请他见谅。兀术听后非常纳闷，张浚不是被贬去岭南了吗？怎么会在这儿？此时，王愈从袖子里拿出张浚的信，兀术一看脸都白了，送出王愈等人，马上召集部下商量：“韩世忠诡计多端，张浚也在镇江，看样我这次是凶多吉少了，还是班师回朝，以后再说吧。”于是立刻带领部队动身。就这样，韩世忠略施小计，就把兀术吓回去了，这也难怪，兀术都被他们打怕了。

再说此刻高宗在平江，敌人越来越近，高宗打算渡江亲自作战。但是赵鼎劝道：“敌人大老远来，就想速战速决，陛下早点击退他的确是好事，但刘豫自己不来，只派儿子刘麟出战，陛下又何必自己去呢？过两天张浚等人的部队到了，肯定能一举拿下敌人，陛下还是等等吧。”高宗一想也是，刘豫都不来，我去跟他儿子打，岂不是失了身份？于是下令召来岳飞。

本来韩世忠就把住了江口，现在岳飞又要来，兀术一点办法也没有，就和大太子粘罕商量撤退回国。这时正是十二月天气，连日阴晦，不知不觉下起大雪。大太子粘罕一看营中堆满积雪，战衣也湿了，四面八方都是宋军，粮草运不进来，只好杀了军马填肚子。不论是金人，还是其中的汉人都一肚子气，埋怨兀术这样的天气还出兵打仗，人心涣散，缺乏斗志，很难再支持下去。

第二十八回

金太宗病危收兵

就在兀术犹豫时,忽然传来消息,说金国皇帝得了重病,令大太子、四太子等人立即回国,嘱托后事。粘罕、兀术一听,拿起手中长鞭,便奔跑出去,连夜领兵回国。齐国太子刘麟得知粘罕撤退,自己势单力薄根本打不过宋军,于是也带着队伍回去了。

敌人全都走了,高宗松了口气,对身边的赵鼎说:"最近将士们英勇杀敌,各路人马安排妥当,这都是你的功劳啊。"赵鼎是个聪明人,哪敢在高宗面前逞能,当然回答:"这都是陛下英明!"这时,高宗就问他:"大敌压境,所有大臣都吓得不敢说话,你怎么就敢直言呢?"赵鼎笑道:"陛下有所不知,金兵虽然人多,但都是刘豫硬找来的,而非自愿,打起仗来肯定不会用力,所以不用害怕。"高宗恍然大悟,此后在张浚面前还夸赵鼎是人才呢。

高宗一时高兴,诏告天下,举国欢庆。就在这时,李纲呈上一份奏折,提醒皇帝不要放松警惕,上面写道:陛下不要因为敌人撤退而高兴,而应该为没有报仇而愤恨;不要因为东南方面安全就长待下去,而应该计划收复中原,夺回江山;不要因为将士立功就只顾着庆祝，而应该振作气势，彻底消灭敌人。有人认为敌人走了，是复兴大宋的时候了，但我觉得这次只是侥幸，并不是真的赢了。现在将士们日夜作战，劳民伤财，再不休养生息，将来怎么有把握打败敌人？但是不能为了过几天安生日子，就躲在一个地方，眼看祖宗留下的土地被贼人抢去。我们应该先恢复生产，稳固军心，把住关口，来日再战。具体应该以淮甸、荆、襄等地作为屏障防守，自古这些地方就是保家护国的军事要地。目前，应该派三名大元帅守住淮南东西及荆、襄三地，再派些战舰水军，上连下接，全面防守，即使敌军人马众多，也不敢轻易入侵。而东路应以扬州为中心，提供江东的物资；西路以庐州为中心，提供江西的物资；荆、襄以襄阳为中心，提供湖北的物资。将来，就算打起仗来，各路人马也都可以随时出战。接着李纲又说，陛下身边没有能托付重任的大臣，更不能想着跟金国讲和。事实证明，陛下亲自出征，顿时人心团结，敌人不敢进犯，相反陛下一退再退，国土只会越来越少。

李纲对皇帝的确是忠心耿耿，又敢直言，没有奸臣唆使，高宗还是懂得分辨是非的，于是赞赏了他。同时，岳飞也呈上奏折，在他看来，敌人匆匆撤退，肯定是国内发生了重大事情，所以他愿意把老婆孩子作为人质留在朝中，而自己则集合将士，趁机攻打刘豫，收复两京，完成一生的心愿。虽然岳飞说得十分真切，但高宗没有批准。

就在宋国上下一片欢乐的时候，粘罕、兀术的人马回到了金国。金太宗病危，把粘罕、兀术叫到身边，嘱咐："我当皇帝已有十二年了，年年与中国征战，到现在还没分出胜负，现在我最担心的是契丹。所以现将皇位传给你们的弟弟完颜亶，他忠厚谨慎，是干大事的人，你们一定要尽心辅佐他，不要自相残杀。"粘罕、兀术哭着说："放心吧，父皇！"说完，太宗就死了。于是完颜亶即位，也就是金熙宗，他让将士们厉兵秣马，准备再次入侵大宋。

就在此时，外面来人报告宋太上道君皇帝在五国城死了，临终遗言，要葬在祖国。金熙宗没有答应，只是叫人给他办了丧事。老皇帝去世的消息传到洪皓那里，他痛哭不已，向着北方悼念，并秘密派人将消息回报宋国。

绍兴五年二月，高宗班师回朝，接回后宫，建立太庙。大臣张绚看见，感叹："去年建明堂，今年建太庙，看样子陛下是想长住下去了。"其实高宗的确有这样的想法。现在各路人马都安排好了，国内还算太平，只有洞庭湖一带的杨幺还没拿下，因此高宗再派岳飞前去。岳飞领命，立即率部下张宪、徐庆、朱皋、王贵、杨再兴等两万人马，前往洞庭湖征讨杨幺。

还没到达目的地，就听说有个贼头叫钟相，在他死后，其部下杨幺积聚贼人，自封为"大圣天王"，立钟相的儿子钟仪为太子，占据洞庭湖，手下有杨钦、刘衡、周伦、黄佐、黄诚、陈滔、高老虎、夏诚、全琮、刘铣等几十人，个个健勇善战。他们拥有几万人马，战船几千只，东抢岳州，西抢澧州，北占江陵，南占潭州，到处作乱。

现在杨幺得知岳飞来了，心里也害怕，跟部下们说："岳飞可不是好惹的，拥有几十万大军，所到之处没有敢不服的人,咱们在这儿借着地理优势,相互援助,才能躲过这一劫。"说完,杨幺又命令黄佐带一万人在湖口驻扎,阻挡岳家军;派周伦、刘衡、黄诚各带两万人马,在东西两岸等候,多准备些战船;让夏诚看守湖侧大寨。分配完毕,杨幺亲自率领十万人在洞庭湖上流,前后布满军旗,摆开阵势。

另一方面,一路上岳飞将这些贼人的情况了解得差不多了,心中便开始计划作战方案。而岳家军所到之处,将士们不敢打扰老百姓,但百姓知道岳家军来了,家家都把最好的食物拿出来慰劳将士。将士们则遵守军中规定,将百姓送来的东西按市场价格购买,岳家军向来口碑很好,这一看果然不假。后来高宗知道此事,惊叹道:"岳飞率领千军万马而不打扰百姓,作战千里却没有一个将士违犯军规,真是神奇啊!"

岳飞受到高宗的赞扬,深感安慰,更加用心备战,并跟部下们说:"近些年来,杨幺在洞庭湖作乱,皇帝派王㵧部领十万大军,打了快两年,也没能消灭他们,真是劳民伤财,我们的任务非常艰巨,这一次可不像以前,难度很大,所以你们要全力以赴,立功者必有重赏!"

第二十九回

岳飞定计破杨幺

　　岳飞一向先礼后兵，于是派当地官员王忠去劝说贼人投降。没想到，王忠一听就吓傻了，委屈地说："以前派去的大臣刘醇、刘珂、朱询、史安、赵通等人都被杨幺杀了，我去了也是送死啊，对朝廷有什么好处？"岳飞安慰他说："那杨幺的队伍中也有好人，有愿意归顺朝廷的，你放心去吧，这么好的立功机会你不要放过。"王忠还是不愿意，但害怕岳飞生气，只好去了。

　　王忠到了湖口，让人通报黄佐，黄佐接见了他。王忠心里七上八下的，进到帐篷里，看见黄佐手下个个身材魁梧，充满杀气，站成一排，直勾勾地看着他，王忠本来就是硬着头皮进来的，现在更是连头也不敢抬。黄佐看出他的心思，安慰他不要害怕，并让他坐下。黄佐看过岳飞的榜文，对手下说："我知道岳飞军令如山，他曾经在东京南熏门外用八百人打败王善五十万人，如果我们跟他硬拼，肯定死路一条，不如就归顺他。岳飞是个君子，一定会重用我们。"于是，他带领手下随王忠至潭州，投奔岳飞。

　　岳飞一看黄佐真的来了，高兴地拉他进去，说："黄将军果真是大丈夫,现在有你帮助,杨幺日子也不多了!"于是像贵宾一样招待黄佐,并指望以后与他一起抵抗金人。说到这里,黄佐一下子感动得泪流满面,要回去劝说同伙都来投靠岳飞。岳飞握住黄佐的手,连连点头,送黄佐回寨。

第二天,岳飞与王忠两人去黄佐寨中探望。岳云恐怕黄佐不可信,让岳飞多带些人马,被岳飞拒绝了。岳飞出了潭州,直接来到黄佐寨门外,贼人慌忙回报。当黄佐听说岳飞只两人过来,而且没带任何兵器,感动得对天长叹:"岳飞真是君子啊!"于是立刻出门迎接,其他贼人也都佩服得五体投地。傍晚,黄佐大摆宴席,与岳飞喝酒畅谈,岳飞借此机会让黄佐去劝说其他贼头投降,如果不肯,就杀了他们。此时黄佐一心改邪归正,对岳飞感激不尽,又刚喝了些酒,情绪非常激动,于是哭着说:"承蒙岳将军看得起我,就算是赴汤蹈火,我也以死相报!"说完,两人又喝了几杯,岳飞告别黄佐,回潭州了。

没几天,就有三万贼人前来投奔,又过几天,又来两千人,岳飞先后赏赐了他们,也没打探其他贼人的情况。这事被刚来潭州公干的席益看见,他便跟张浚说:"岳飞来了,也不出战,肯定有鬼。"张浚笑笑,答:"岳飞的为人我知道,难道你懂得用兵打仗吗?"席益一听,惭愧地走了。

再说黄佐尽心尽力为岳飞规劝贼人,只有东岸的周伦死也不肯投降,于是黄佐计划乘其不备,连夜攻打。将近二更时候,黄佐与手下宋杰共几千精兵悄悄离开水寨,前往周伦寨外。正在夜深人静的时候,只听见鼓声齐鸣,火炬照天,一队人向周伦寨杀来。周伦正在做美梦呢，哪来得及迎战，衣服都没穿好就跑了，正逃到湖口，遇见黄佐一刀砍来，周伦人头落地，贼人大败。岳飞知道后，封黄佐为官，奖赏其手下，鼓舞士气。

另一面，王燮每天与杨幺的副手刘衡交战，却占不到优势，就拿岳飞的部将王贵出气。他骂王贵无能，总打败仗，而王贵反驳，说王燮指挥不当。于是，王燮跟岳飞打小报告，说王贵不听命令。岳飞向来军规严厉，重打了王贵一百大棍，并让他领兵杀贼，将功赎罪，三天期限，不带贼人脑袋回来，就以死谢罪。接着，岳飞又派董先、王刚、杨再兴、张用四人领两支军马，多带些弓箭手，在永安寨树木丛杂处埋伏，等贼人出寨后，烧了贼寨，放箭射贼。而岳飞则亲自带兵攻打永安寨。

最先到达寨外的自然是王贵的人马，刘衡心想：王贵是我的手下败将，怎么又来了？他欺负王贵人少，举起长枪就刺过去。没打几个回合，王贵便往回跑，刘衡追出。跑到岳家军埋伏的地方，岳飞发出信号，只见贼寨烟焰逼天，着起大火，刘衡只好杀出一条血路往湖边奔逃。转过树林，天空箭如雨下，最终，刘衡被乱箭射死。剩下贼人愿意跟随岳飞的就留下，不愿意的就从良回家。回营后，岳飞重重赏赐了将士，并商量讨伐杨幺的计划。

正在此时，忽然皇帝下令让张浚回去。杨幺还没被收服，张浚不放心，叫来岳飞询问。只见岳飞从袖中取出一张小图，说："这就是我的计划。"说着递给张浚。张浚看完，嘱咐岳飞："杨幺占据有利位置,你先不要轻举妄动,可以在这儿训练将士,贼人不敢作乱就行,等我明年回来再计划吧。"岳飞想了想,问："都督能多留八天吗? 等我拿了贼人,你再走也不迟。"张浚皱了皱眉说："我在这儿两年都不能消灭贼人,八天怎么可能呢?"其实岳飞心中有数,之前用陆军打水寇,当然赢不了,现在他正计划以敌攻敌,孤立杨幺,八天足可以收服贼人。张浚相信岳飞,于是请求晚些回朝。

时间紧迫,岳飞当天就率兵前往鼎州驻扎。正在岳飞与手下商量破敌之计的时候,忽然听见有人报告："贼党杨钦带三千多人,驾战船八百多艘前来投降!"岳飞一听,顿时眉开眼笑,他知道杨钦正是杨幺手下中最勇猛的一个,杨钦投降等于砍掉了杨幺的手脚。于是,岳飞请杨钦进来,给他封官,并转送朝廷赐的战袍、盔甲和鞍马,然后放杨钦回寨。虽然部下们对杨钦还有所怀疑,但岳飞看得出来,杨钦是讲信用的人。

没过几天,杨钦就带着全琮、刘铣等贼人前来投降,岳飞照旧个个奖励。但是,杨幺不擒,难成大事,于是岳飞设计,假装生气,将杨钦轰了出去。其实杨钦早与岳飞商量妥当,依计返回水寨。岳飞一看杨钦走了,立刻吩咐部下,准备出战。

第三十回

降贼大战洞庭湖

岳飞先后派张宪、岳云、董先、王贵带三百战船,分作三路进发,如果杨幺贼寨有什么动静,随时报告;又让黄佐、全琮、刘铣引路,由于他们熟悉环境,所以可以帮岳飞军队取长补短。

而杨钦从岳飞那儿出来,直接投奔高老虎,并对他说:"我与岳飞势不两立!黄佐哄我去投降,结果岳飞把我抓了,本想等抓了杨幺一起押回朝,幸亏我趁天黑把看守杀了,捡回一条命啊。现在我来投奔大哥,咱们一起抵抗官军!"高老虎一边安慰杨钦一边派人去请大王杨幺相助。吩咐完,两人就开始喝酒聊天,眼看就要到二更天了,只见三面船只顺风而至,声势浩大,临近贼船时,更是箭如雨点。高老虎惊慌之下,刚要迎战,就被杨钦抓住,贼人大败。

紧接着,岳飞派人打探杨幺的实力,没想到杨幺的战船十分厉害,共有八队,每队一百多艘,个个行进如飞。况且贼船高大,宋军战船低小,如果使用兵器,根本看不到贼人,相反要是贼人放箭,宋军可就吃大亏了。岳飞听了,立刻带着黄佐、杨钦、张宪几十人前去观察。回来后,岳飞下令上山砍木做巨筏，上面挂上生牛皮抵挡弓箭、石头；派牛皋带一千人，各带布囊，满盛沙泥阻塞港口，又从上游放下腐木乱草。

第二天，岳飞命人看见杨幺就骂，边骂边引着杨幺往水浅的地方去。官兵船只边走边退，而贼船一到水浅处，腐木乱草便将贼船水轮紧紧缠住，使其一动不能动。岳飞在上游看见，派张宪、岳云各带五千兵分头攻击。而将士们看见贼船动不了了，都争抢着去杀贼，其中牛皋、黄佐、杨钦最为勇猛，杀了杨幺，收服贼人两万多人，贼将陈滔也立了大功，将钟仪太子船上无数宝物献给朝廷，只可惜钟仪当时被杨幺推下水，下落不明。

湖侧面大寨的贼头夏诚不知两位大王的消息，正在纳闷时，只听外面手下说陈滔回来了，说那陈滔身上沾满污血，在寨门外连声高喊："大王战败回来，快开门！"夏诚一听，赶紧让人开门。只见陈滔的手下一齐冲进来，杨钦、黄佐紧跟其后，岳飞的大军也已赶来，将杨幺老窝团团包围。夏诚、黄彪等人只好投降，所有贼寇跪地叩拜，声音响彻山谷。

岳飞刚要将他们招降，不料牛皋反对，只因为这些贼寇长年作乱，屠杀军民。但是岳飞宽厚，想得更长远，他认为这些贼寇原本都是普通百姓，先是被钟相的妖术给骗了，后又被逼上梁山，如果能正确引导，以后一定能效忠朝廷，上阵杀敌，抵抗金人。就这样，岳飞将身强体壮的人留下，其他人从良回家，并将喜讯报告张浚。

张浚一看不禁惊叹，果然八天就剿灭了贼寇！捷报传到高宗那里，自然又给岳飞升了官职，奖励所有将士。贼寇已

岳家军大战洞庭湖

除，张浚再没有牵挂，于是回朝面见高宗，并极力向他推荐岳飞与韩世忠。因此，高宗对韩世忠与岳飞倍加重用，并将韩世忠从镇江调到楚州。

此时，楚州城郭已经被金人践踏得残破不堪，百姓生活艰难。韩世忠一看，不忍心再让百姓受苦，立刻命人帮助修复建筑。军民团结一心，不到半年，军府、百姓家都重新建立起来。此外，韩世忠还奖励将士，鼓舞士气，并根据实际情况，发展当地经济。这一切都让高宗感到安慰，感叹："张浚的确没有看错人！"同时，岳飞被封为开国公，调到鄂州。岳飞觉得自己受不起这样的尊荣，于是请求皇帝收回旨意，但皇帝没有批准。于是岳飞驻兵在鄂州，每天操练将士，准备粮草，打算将来迎战金人。

就在此时，岳飞的母亲魏国夫人姚氏病倒了，岳飞日夜照顾，一步不敢离开，导致军中事务顾不上理会，心情也越来越差。他只好向高宗请假，以专心照顾母亲。没想到岳飞母亲一病不起，要说打仗岳飞在行，但是治病就不行了，况且姚氏也已七十岁了，这可愁坏了岳飞。每天夜里，他只能烧香祈祷，希望老天让母亲好起来，自己甘愿代替母亲受苦。不幸的是，没过多久，岳母就去世了，岳飞悲哀过度，两眼红肿，与妻子一起给母亲办完丧事，便开始守孝。还没等朝廷批准，他就随母亲灵车一起回庐山去。

一路上，天气炎热，但沿途所有官兵百姓都前来悼念，见到岳飞如此悲伤，大家全都跟着痛哭流涕。安葬完母亲，岳飞在坟墓旁边建了一座草屋，早晚行礼就像母亲活着时一样。高宗得知岳母去世，特意派人前来慰问，并赏赐财物，但岳飞不敢接受。

此事传到齐国伪皇帝刘豫那里，又增加了刘豫侵宋的野心，于是他秘密调派人马，准备出兵。刘豫的举动也瞒不住宋国皇帝，高宗立刻召集大臣商议对策。张浚认为东南方面，守住建康是最关键的，而赵鼎建议平江水运方便，是重中之重，最终高宗采纳了赵鼎的意见，准备亲自前往，并派张俊领兵在那儿等候，命秦桧留守。

九月高宗驾临平江府。刘豫一看张浚等将士都来了，打算讨伐自己，整天忧心忡忡，于是又去金国搬救兵。这时金国的熙宗皇帝刚刚登基，国家大事基本都由粘罕、斡本、蒲卢虎三人决定。对于齐国请兵的事，蒲卢虎坚决不同意，他认为刘豫无能，这几年来，没有拿下大宋半寸土地，如果给他人马，赢了是刘豫得到好处，输了是大金受损失。熙宗听了蒲卢虎的话，没有给刘豫一人半马。没办法，刘豫只好招揽乡兵，一共三十万人，号称七十万人，由刘麟、刘猊、孔彦舟三人率领分三路侵宋。金国听说刘豫自己出兵了，便派四太子兀术带领五万人马去黎阳打探情况。

第三十一回

刘豫兴兵寇合肥

在刘豫大军一步步逼近宋国时,宋国沿江上下没有一兵一卒。此时,张俊在盱眙,杨沂中在泗州,韩世忠在楚州,岳飞在鄂州,刘光世在庐州。赵鼎一看情况紧急,立刻派人调张浚部下来抵挡刘麟。但是,敌军人多势众,只靠张浚手下张俊与刘光世,难以抗敌,于是他回报高宗,希望请岳飞援助。但是张浚不同意,并向高宗皇帝说明:岳飞一走,襄汉就没人管了,这边只要张俊与刘光世听从指挥,拼死抗敌,还有机会。高宗一向信任张浚,于是放手让他去安排。

很快,刘豫大军就杀了过来。先说刘猊带着十万人马到了淮东,但由于韩世忠及时阻挡,敌军没敢经过,而是转向去了定远,打算趁杨沂中部队没有防备,杀他个措手不及。而杨沂中也不是无能之辈,与刘猊对战二十多天,两军人马疲惫,但还是没分出胜负。这样一来,刘猊的部队挺不住了,粮草眼看就耗尽了,于是决定趁天黑分头带兵去合肥,与刘麟会合。刘猊一跑,杨沂中猜到他一定是去找刘麟,必然要经过藕塘,于是派手下吴锡带一千精兵前去阻截。杨沂中吩咐吴锡要假装败阵,引敌人进树林,将带去的两百个弓箭手埋伏在离树林五里远处,听见信号一齐发射。而杨沂中也亲自率领四千骑兵连夜追袭,只留下空营。

不出杨沂中所料,刘猊部队果然来到藕塘,到达时天都快亮了。刘猊远远就看见前方军旗飘扬,知道有敌军阻拦,二话没说就冲了上去,直奔对方首领吴锡。两人没打几下,吴锡就拍马往回跑,刘猊紧追不舍。眼看离树林还有五里远,只听当头一声炮响,忽然闪出一个人来,此人面色通红,胡须浓重,正是杨沂中。刘猊不敢硬拼,边挡边跑,路过树林时,又听见一声梆子响,霎时间从林中飞来无数羽箭,刘猊的部队损失了一半。刘猊与严尤、姚琮向泗州逃跑,还没跑出十里,就看见前面约有两千人马拦住去路,为首的将军正是张宗颜,两军大杀一阵,死伤不计其数。

就在这时,宋军各路人马都已赶来,杀得敌人片甲不留,齐军大败,所经之地血流成河,尸横满野。最后只剩下一万齐兵,全部投降,只可惜刘猊逃脱了。这次战役,杨沂中用五千人马成功击退刘猊十万大军,功劳也不在韩世忠之下。

再说齐军,虽然刘猊大败,但并没有减缓刘麟部队前进的脚步,刘麟一行人马此时正进逼濠寿,所到之处人心惶惶。高宗得知情况紧急,命令赵鼎立刻调岳飞前去。岳飞在母亲坟前接到旨意,第一次不知道如何选择,一边是母亲,一边是皇帝和天下百姓,于是痛哭流涕。

再说岳飞以前讨伐贼寇,接连六年都是在酷暑烈日下行军打仗,结果患了眼病,后来母亲去世,他又整天以泪洗面,病情更加恶化。眼病是小,而母亲的死给岳飞带来的打击最大。守孝以来,岳飞精神大不如从前,根本没有心思带兵打仗,于是他请求皇帝收回命令。但是,没有岳飞,大宋就像少了左膀右臂一样,战斗力大打折扣,于是高宗再三安慰岳飞,催他上任。唉,自古忠孝不能两全,岳飞为了黎民百姓能过上安宁的日子,只能舍小家顾大家了,于是带着儿子一起动身去鄂州,整顿人马,向淮西前进。

岳飞刚到军营,手下张宪就前来汇报:"现在军中有个叫王俊的人,小名王雕儿,之前征讨杨幺,他说自己病了不能出战,后来听说我军大胜,每人都有奖赏,就他没有,心生怨恨,被我教训了一顿。现在他正来告状,请您定夺。"岳飞这么久以来一直在家,军中很多事情都不知道,但他最看不起的就是临阵退缩的人,于是回答:"教训完就算了,他要再找借口不出战,按军法处置。"事情解决后,岳飞与部下们久别重逢,眼看又要征战沙场,为了鼓励将士,岳飞下令大摆宴席,慰劳大家。酒席中,岳飞与部下们有说有笑,唯独不跟王俊说话,王俊心胸狭窄,记下了仇,暗暗发誓:一旦有机会,我一定要杀了你,以解我心头之气!

第二天,岳飞率领大军离开鄂州,并派牛皋、王贵、董先等领兵一万,去何家寨攻打齐军。此时,岳云快步上前,请求跟牛皋一起出战。岳飞拗不过他,说:"如果你能在马上连中三次靶心,就让你去,不然就得处斩。"岳云高兴地拿过弓箭,穿上战衣,拉着一匹银鬃马跑出教场。没想到这马是几天前朝廷赏赐的,还没经过训练,岳云刚一拉绳,马便失足跌倒了,将岳云摔个脚朝天。岳飞是又惊又气,骂道:"就这点儿能耐,怎么上阵杀敌!"于是下令把岳云拉出去斩了。

岳飞一向军纪严明,他可不是闹着玩的,在场的将士们一听都吓坏了,只见以张宪为首的三十九个部下一齐跪下求情,提出让岳云前去退敌,立功赎罪。岳飞看在众将士的面上,命岳云与牛皋领五千人马去镇汝军破敌,若不成功就拿脑袋回来。牛皋、岳云立刻起程,走到何家寨界附近驻扎下来。此时,忽然刮起南风,岳云心中有了妙计,于是找到牛皋,边说边在地上画着战图,两人讨论完安心睡下。

第二天,一切按计划进行,牛皋下令在平川山谷中多插岳家军大旗,前面一队人,每人骑一匹马,牵两匹马,在马上捆上草人,给草人穿上盔甲,背上插上旗号,由王贵率领。第二队用牛骡拉车,每辆由两个人驾驶,车上插满旌旗,车后多拴些树枝,顺风前进,扬起尘土,让齐兵难分真假,由董先率领。牛皋整备就绪,与岳云一起带骑兵出战。

第三十二回

镇汝军岳云立功

　　齐军得知宋军来了，便倚山拉开阵势。为首的五大王徐文骑马站在最前面，远远望见宋军阵中杀出一少年将，只见这少年身跨紫骅骝，两手各拿四十斤重的铜锤，策马便来。这样英武的少年不说也知道，他就是岳飞的长子岳云。岳云虽然年少，但气势一点不比岳飞逊色，只见他举起一个铜锤，喊道："你个逆贼，朝廷养你、重用你，你反倒打起爹娘来了！今天你若改邪归正，还可以恢复官职，不然明年的今天就是你的忌日！"岳云的话句句属实，徐文没办法反驳，举刀就要杀过去，被手下刘复雄拦了下来。刘复雄也不含糊，举枪直奔岳云。几个回合下来，刘复雄败下阵来，徐文又上去厮杀，就这样，两人交替上阵，岳云一个打俩，反而精神倍加。大约交战二十个回合，只见岳云越杀越勇，抄起铜锤，向刘复雄头部砸去，刘复雄只感觉眼前一道电光闪过，便人头落地了。徐文一看手下大将死了，牛皋部队又奔杀过来，远远听见山林中鼓声大震，抬头一看，旗帜遮天，遍地都是岳家军旗号，吓得不战而逃，向刘麟部队投奔而去。

　　岳云、牛皋岂能轻易放过他，马上下令全力追袭。没等徐文走出五里远，忽然前方一彪军马挡住去路，为首的大将正是张俊。只听张俊一声大喝："逆贼，哪里跑！"接着便舞刀过来。徐文早就被岳云打得筋疲力尽，两三下就被张俊一刀斩下马，人头落地，其余齐兵都被生擒。原来张俊得知岳家军前来抗敌，就事先率领人马埋伏在东山，截住敌军去路，助岳飞一臂之力。虽然没见到岳飞，但岳云的本事他算是见识了，心中十分安慰，并许诺汇报高宗，给予奖励。

岳云、牛皋任务完成，立刻赶回军营。岳飞得知将士们胜利归来，个个论功行赏，但偏偏没有岳云的份儿。事情传到都督张浚那里，张浚知道岳飞为人耿直，不偏袒家人，但觉得岳云是个人才，不能就这样埋没了，于是请求皇帝表彰。高宗当然乐意，以前加封岳云就被岳飞劝阻，这一次说什么都要封岳云为忠州防御使。

再说齐兵大败的消息很快传到金国兀术那里，兀术带兵驻扎黎阳，一直对两边战事盯得死死的，当他得知岳飞率兵东下，顿时慌了手脚，立刻派奸细前来打探。没想到奸细刚一露头，就被岳飞手下抓住，押入军营。岳飞知道他是奸细，故意说："你不是我手下张斌吗？我派你去办事，怎么被抓回来了？"奸细本以为死路一条，一听这话，忙答应着。于是岳飞让其他人退下，把奸细叫到身边骂道："我前些天让你去给齐国送信，跟他们约定引金国太子人马过来，合力攻打，结果就没信儿了，原来是你办事不力！罪该万死！现在念你曾经有功，快去把事办好，免你一死！"奸细趴在地上，连连称是。只见岳飞写了封信，放进蜡丸中，藏在奸细身上，赏了他些银子,嘱咐说:"这次再不能失误!等我杀了兀术与齐国皇帝之后,保你当上大官!"说完打发他上路了。

奸细连夜回到黎阳,取出蜡书交给兀术,兀术一看吓出了一身冷汗,心想:没想到啊没想到,好你个刘豫,竟敢出卖我!于是连夜领兵回国。回到金国,兀术将事情禀告皇帝,金熙宗大怒,立刻派人到汴京,以刘豫这么多年毫无功劳的罪名制裁了他。从此金国再不信任刘豫,并打算废了他的皇位。

至此,齐兵撤退,兀术返回金国,岳飞功劳第一,所以高宗打算让他休假养病。但是岳飞哪有心思放假,心中感叹:稍微有了成绩就放松警惕,这样下去国仇家恨什么时候才能报啊!于是他再三请求皇帝趁此机会,下令出兵收复中原。可惜高宗身边尽是些懦弱、贪图安乐的大臣,哪有什么好主意,所以高宗没有理会岳飞的建议。这可真是奸臣误国,志士失心。岳飞伤透了心,既然不能上阵杀敌,还不如回家守孝,于是再次上奏,请求回家,但最终没被批准。

就在高宗拒绝岳飞之后,忽然殿外有人来报,此人正是张浚手下的吕祉。吕祉奉张浚命令,前来报喜,高宗一听边防安定,高兴得连连夸奖张浚有功。此时,赵鼎却说:"陛下,这不是张浚一人的功劳,而是所有将士为了报效朝廷恩德而努力的结果。"话虽如此,高宗还是传了手谕表彰张浚。吕祉回营后,将殿上发生的一切都一五一十地汇报给张浚,张浚对赵鼎是恨到骨子里了,从此处处与赵鼎作对。但是,他们俩又都是高宗比较信任的大臣,朝廷一有个什么事,皇帝就把他俩找去商量,所以他们表面上还得过得去,结果两个人是明里和,暗里斗。

终于有一天在早朝上,张浚与赵鼎产生了正面冲突。张浚认为刘光世整天沉迷于酒色,干不了什么大事,应该罢免,而赵鼎觉得刘光世部下众多,如果就这么免了他的官,恐怕将士们不服。高宗夹在中间,也挺为难,但最后还是顺了张浚的意思。自从张浚回朝后,赵鼎就被夺了宠,这次刘光世的事更让他觉得气愤,于是辞官去绍兴做了知府。

此后不久,张浚也险些辞官,事情还要从通问使何藓的归来说起。那天,何藓带着洪皓的书信从金国回来,禀告高宗:太上皇帝及太上皇后已经去世。高宗痛哭不已,各地将士也在悲痛之后更加奋发图强,等待复仇雪耻。张浚更是鼓舞皇帝征讨金国,以安慰太上皇帝、太上皇后在天之灵,并号令三军上下一齐哀悼,声势浩大,感动中外。张浚对大宋一直忠心耿耿,这些年来尽心尽力,勇猛杀敌,但终究还是没能救回老皇帝,此时他看见高宗如此伤心,非常自责,几次请求辞官,但最终没有得到高宗的批准。

第三十三回

岳飞奏请立皇储

绍兴七年三月,高宗召岳飞进宫,封他为太尉,与韩世忠等老将平起平坐,着实遭人妒忌。但是岳飞在乎的不是功名利禄,而是收复河山。因此,他请求带兵直奔京洛,招揽五路叛将,这样一来,刘豫无路可走,肯定放弃汴京向河北逃跑,那么河南一带就能收复了。高宗大喜,批准。

再说秦桧听说岳飞劝说高宗攻打金国,整天焦虑不安,于是假装向皇帝推荐,把岳飞召来都督府商量军事,其实是想趁机制造岳飞与张浚的矛盾。岳飞来到都督府张浚这里,自然非常高兴,有什么说什么。但在聊天中,张浚推举的人选都被岳飞否决,张浚心中有些不满,没好气地说:"看来只有岳飞你能担当此重任了。"岳飞实话实说,没想到招来误会,于是告别了张浚回去了。回去后,岳飞知道自己得罪了张浚,于是再一次请求回家守孝。张浚知道后,非常生气,请求高宗派张宗元前去监管岳飞的人马;让王德统领刘光世的部队,并听命于吕祉。张宗元到了鄂州,看见岳家军上下齐心,训练有素,感叹:"这都是岳飞的功劳啊。"于是回报高宗,请求让岳飞恢复官职。高宗批准,召岳飞进宫,并与他商量选拔太祖后人做皇储的事情。

与岳家军形成鲜明对比的是,朝中大臣整日只会钩心斗角,争名夺利。就拿郦琼来说,他与王德之前官位相当,现在王德比他高一级,他就一直耿耿于怀,于是向兵部尚书吕祉告状:"王德才能没比我强多少,凭什么比我职位高?等我立了战功,一定要报仇雪恨!"吕祉一听忙劝他:"现在国难当头,大家都是为朝廷办事,应该以和为贵,要是被敌军知道我们不团结,岂不趁机使坏?"郦琼倒完苦水,心情缓和许多,告别吕祉走了。

但是吕祉心中开始不安,他猜郦琼早晚要造反,于是上奏高宗,建议除掉郦琼。没想到那些曾受郦琼贿赂的官员得知此事,立刻密报给郦琼,郦琼一气之下把吕祉抓来,并带着四万人马投奔刘豫。大约走了三十里,吕祉挣扎着跳下马,喊道:"我宁愿死在这里,也不与你苟同!"郦琼一听,大怒,一剑刺穿吕祉的咽喉。可怜吕祉就这样壮烈牺牲了,他的妻子也以死殉情。后来吕祉被封为大学士,建庙赐匾,以表彰他的忠心。

吕祉遇害,高宗把责任归到张浚身上,埋怨他用人不当,于是召回赵鼎,将张浚贬去岭南。这一举动立刻引起朝中上下的议论,张浚可是头号功臣,现在只因为一点点过失就遭到重罚,实在难以服众。赵鼎也极力维护张浚,满朝大臣随声附和。此时,只有秦桧憎恨张浚,一言不发。高宗一看形势往一边倒,于是派人去问李纲,李纲是个正直、坦率的人,自然要挽留忠臣张浚。终于,张浚算是保了下来。

再说金国自从上次怀疑刘豫通敌之后，便想废掉他。于是金熙宗派元帅挞懒、四太子兀术领兵数万，假装攻打大宋，实际是去擒拿刘豫。刘豫死也想不到，无缘无故被安上了通敌的罪名，一点准备也没有，就被押到金国。金熙宗一看他火就来了，下令立刻处斩。旁边的大臣劝阻说："现在只是听说，并没有确凿证据，如果就这么杀了他，恐怕会被宋国耻笑。"熙宗左思右想，饶了刘豫的狗命，将他贬为蜀王，并将他的儿子刘麟、侄子刘猊发配异州。金兵从汴梁的府库中搜出黄金二十多万两，白银一千六百多万两，粮草九十多万石，绫罗绸缎不计其数，全部搬去会宁。

岳飞在江州听到这个消息，心中大喜：又除了河南一大祸害！高宗得知更是龙颜大悦，大臣们也对收复中原增加了信心，唯独秦桧一脸不快。正在此时，去往金国的使节王伦回来，传达金熙宗的意思：准许太上皇帝及太上皇后的梓宫归朝，并送韦太后回来，还给大宋河南疆境。高宗一听，连忙跟秦桧说："只要朕父皇梓宫及母后回朝，什么我都答应。"并派王伦再去传话。但赵鼎在王伦临走时吩咐他："先谢谢金国皇帝废掉刘豫，再要求太上皇梓宫及韦太后还朝，如果他问起礼节，就说'君臣地位已见分晓'，问起两国地界，就说以'大河为界'。"王伦领命，前往金国。金熙宗召见了王伦，但没有马上决定。此刻，正好挞懒从河南回来，于是熙宗与挞懒、斡本、完颜宗隽等人一起商量，最后蒲卢虎与挞懒、宗隽一致认为，将河南、陕西还给大宋，肯定有丰厚的回报。于是熙宗派人与王伦一同来到宋国，先谈回报，再说还地的事。

　　绍兴八年正月，高宗听了赵鼎的建议，决定把都城迁到临安，于是百官一齐随驾到了临安。到了新都，高宗封秦桧为宰相，朝中大臣都来恭喜，唯有晏敦复唉声叹气，自言自语说道："小人当权，国家有难了，忠臣难保啊！"没过几天，王伦与金国使节回朝，等高宗回话。高宗一心只想接先帝灵柩与太后回来，其他都好商量，但赵鼎、刘大中极力反对纵容金人搜刮财物。秦桧一看，必须要先除掉赵鼎、刘大中，才好办事。于是与关系好的大臣一起上奏，诬陷赵鼎和刘大中二人，直到皇帝降了他们的职才罢休。

第三十四回

议求和王伦使金

前面虽然说了王伦与金国使节回来,但没有提起这一路上,金国使节张通古与萧哲是如何传达旨意的。他们先来到泗州,让把守该地的宋臣下跪行礼,到了临安高宗皇帝那儿,居然也要对方行礼,这不是叫大宋皇帝俯首称臣吗?高宗犹豫不决,秦桧趁机添油加醋,企图劝服皇帝,但是杨沂中、解潜、韩世忠这一班大臣可不干了,内外军民的情绪也很激动。于是,秦桧找来心腹勾龙如渊,借他质问王伦:"你为朝廷办事,怎么反倒帮金国先谈起价钱来了?"王伦觉得委屈,一脸泪水就要走。秦桧怕他坏了讲和的大事,假惺惺地安慰他两句,并决定带着朝廷百官去金国使节通古住处领旨。

第二天,秦桧果然带领大臣们前来行礼,接旨。但金国只同意归还河南、陕西,至于先帝与太后的事并没有提起,高宗一听,顿时表现出不满,敷衍几句就让金人回去了。就在此时,王庶从淮南回来复命,见到高宗,扑通一声跪下,激动地说:"河南百姓盼着回归大宋就像孩子期待父母一样。金贼这次还地只是为了拖延时间,陛下可不要被他们骗了啊。"高宗一想,的确如此。

接着,王庶又说:"赵鼎对国家有重大贡献,当年辅佐陛下亲征,胜利而回,又镇抚建康,保住江山,这都是别人做不到的啊!"高宗恍然大悟,但一想到太后还在北国受苦,心就软了下来,最后还是偏向讲和。如此软弱的皇帝,真让这些忠肝义胆的将士们无可奈何。其中韩世忠几次上奏,请求出战,都被皇帝拒绝。没办法,韩世忠料到通古回金国必然经过洪泽,于是派苏胜带领两千人马,埋伏在洪泽,打算将张通古、王伦一起杀了,以绝后患。但没过几天,来人报告:"张通古等人已出了洪泽。"世忠听了连连叹息,只好加紧训练,储备粮草,等待出战。

再说高宗这边,心里想讲和,但是从大臣张焘开始,到晏敦复、魏石工、李弥逊、尹火享逊、汲嘉、偻火召、苏符、薛徽言,御史方庭实,馆职胡王呈、朱松、张扩、凌景、夏常明、范如圭、冯时可、许忻、赵雍,全都不同意。李纲更是苦口婆心,为皇帝出谋划策,但是高宗就是不领情。更有甚者,就是枢密院编修胡铨居然胆敢直接指责高宗,结果被秦桧除去官职。后有众多大臣为胡铨求情,秦桧迫于公众压力,改派胡铨为广州都监仓。而胡铨还算幸运,秦桧恨的人流放的流放,死的死,没有一人被放过。当初晏敦复说得一点不错,秦桧的真面目刚刚显露出来,以后还不一定会卑鄙到何种地步呢!

绍兴九年正月,高宗皇帝决定议和,下令草拟诏书宣告天下。张浚在永州得知此事,立刻上奏说:"金贼三番五次假装与我们讲和,其实是想侵吞我大宋土地。现在我们用丰厚的报酬换回两地,几年之后,我军士气消沉、放松警惕的时候,它一定会找借口入侵,到时怎么办?自古以来,都是以军事立国,没有听说屈服于敌人就可以换回安宁的。远的不说,逆贼刘豫就是最好的证明。"就这样,张浚前后五次向高宗进言,都没有结果。

同时,岳飞也心急如焚,上书说:"金人不可信,如果屈服恐怕会被后人讥笑的。"此时,高宗已被这件事折腾得寝食难安,便把张浚的奏折交给秦桧。秦桧恨张浚还来不及呢,于是轻蔑地说道:"真是书生之见,不识大体,陛下一定要自己做主啊!"之后秦桧见岳飞同样不与他相投,便在心里暗暗结下仇怨。

此外,大臣范如圭也看不惯秦桧极力求和,一副哈巴狗的样子,于是骂道:"秦桧丧心病狂,将来一定遗臭万年!"当金人归还河南时,秦桧自以为功劳最大,在高宗面前得意得很。此时,正好范如圭进见,一见秦桧的嘴脸,便立起眉毛说道:"现在先帝还没迎回,太后也不见身影,还有什么可得意的?"这话正说到高宗伤心处,于是高宗立刻派张焘去河南修奉陵寝。

张焘领命立即动身,并沿途告诉百姓,皇帝要重建河南。所到之处,老百姓无不夹道欢迎,喜极而泣,感叹道:"相隔这么久,没想到自己还能重为大宋子民。"说完,将家中的美味都拿来献给将士们。

再说张焘来到陵寝旧址,四周一看,都已被金人践踏,仿佛一片荒地,心中顿时又悲又气,于是回报高宗:"陵寝惨不忍睹,我大宋子孙世世代代都不能忘记这个耻辱!"然后召集百姓,与将士们一起修建陵寝,不到半个月,陵寝就焕然一新。高宗知道后,总算感到一丝安慰。但秦桧却害怕张焘坏了他的大事,所以贬张焘去了成都府。

话分两头,兀术一边跟大宋讲和,一边招揽大将,收买人心。下面要说的就是十七岁就随父亲李永奇征战沙场的勇将李世辅,他在抗金战役中,立下汗马功劳,后因年轻有为被派守延安。可惜的是,延安沦陷,他与父亲被金人抓获。兀术久闻他的大名,一心想召他们父子俩为金国效命,可是李家父子心中只有大宋,于是父亲李永奇假装归顺,暗地里让李世辅埋伏杀敌,自己也计划收复延安。

此时,正听说撒离喝战败回来,路经此地,于是李世辅吩咐五百骑兵埋伏在房廊下,准备一举拿下撒离喝。李世辅安排完毕,便出城迎接撒离喝,聊天中问道:"元帅带兵出战,赢了输了?"撒离喝拉下脸,没好气地说:"那韩世忠、岳飞、吴玠都太厉害了,这次吃了败仗。"正在这时,李世辅一个手势,只见廊下冒出五百壮兵,眨眼工夫就把撒离喝抓住,大叫:"谁敢动一下,就杀了他!"撒离喝的随从都傻了眼,一动不敢动。于是世辅押撒离喝并带领五千多人马一同去往洛阳府。

第三十五回

李世辅誓保延安

李世辅的部队到达河边时已没有渡船,此时离洛阳已不远,忽然世辅望见后面尘土蔽日,杀气凌空,原来是兀术得知撒离喝被抓,率领金兵杀来。由于世辅平时深得将士们的拥护,所以此时军中上下一心,决心迎战。只见敌军那边先杀来一将,皮肤黝黑,外号张黑鬼,他与李世辅没打几下,就被一枪刺死。紧接着对方又杀来一人,正是将领黄彪牙,世辅一看,按住枪,勒马退后几十步,托起弓,一箭将黄彪牙射死。

李世辅一连拿下金兵两名大将,将士们备受鼓舞,个个奋勇杀敌,金兵死伤一片。但是眼看敌人越来越多,世辅人少难敌,马上命令撤退,并将撒离喝押过来,在他面前折断一箭,说:"我今天饶你一命,回去告诉兀术,不得杀同州百姓,害我骨肉!"撒离喝也不是个软骨头,回道:"将军要是放了我,我保你不死。"世辅一气之下,命令手下将他推下山崖,但金兵及时赶到,将撒离喝救了下来。

世辅一直向北去,一到鄜城县,就立刻派人告知父亲,

李世辅连斗两将

两人在马趐谷相会。面对兀术与撒离喝率铁骑兵连夜追袭，世辅挽着父亲说："父亲快领家小去吴中等救兵，我来挡兀术。"李永奇征战大半生，唯一的希望就是让李家子孙报效祖国，自己早将生死置之度外，于是他眼眶湿润，感叹道："我老了，死了也没什么，你还要计划回朝，光复大宋，不要惦记我。"就这样，世辅与父亲正在推让的时候，金兵卷地而来。世辅着急，跪在地上哭着劝道："父亲再不走可就来不及了！"但只见李永奇挺枪跃马，直奔敌人而去。

撒离喝一直想报这个仇，自然二话不说，上去就杀，两人正打得激烈，金人大队人马蜂拥过来。李永奇左右刺敌，金兵纷纷落马，可惜他势单力薄，处境越来越危险。此时世辅拼了命地往里冲，但敌军层层包围，他眼看父亲以一当百，战死沙场。李家二百多口全部遇害，世辅身受重伤，身边只剩下二十六人，他只得投奔夏国。

一路上世辅心如刀绞，发誓不报此仇，决不罢休！经过千辛万苦，他终于见到夏国皇帝，行了大礼，请求说："我父母妻子都被金人杀害，请求陛下给我二十万人马活捉撒离喝，为夏国拿下陕西五路，也为自己报仇。"夏主看他句句中肯，理解他丧亲之痛，于是欣然同意，但要求他先去平定牛背夹。于是夏主派大将曹桓率三千骑兵与李世辅一同攻打牛背夹。世辅临走拜谢，发誓赴汤蹈火在所不辞！

世辅一到葫芦山，便与曹桓商量用计破敌。很久以来，敌人仗着占据险要位置，既不练兵也不打仗，只要将他们引过来，就有赢的把握。二人悄悄筹划，直到深夜才睡去。

第二天，曹桓的队伍摇旗呐喊，气势宏大，两千铁骑杀向牛背夹。敌人头目青面夜叉得知，立刻命手下擂鼓呐喊，一拥杀出夹口。夏兵见敌人气势凶猛，后退一里远。曹桓手拿金枪，与青面夜叉边打边跑，此时敌人已漫山塞野，长弓硬弩一齐射来，曹桓抵挡不住，下令将士一路丢弃粮草。青面夜叉的部队追来，争抢着捡粮草，不知不觉就到了葫芦山。夏兵一看敌人来了，马上将树木乱草塞住山口放火，此时正是秋末冬初，晚风刮起，一时间烟焰冲天。敌人知道上当，冲出山口，这时曹桓带兵从半山杀出。青面夜叉见大事不妙，刚要逃跑，只见忽然又杀出一千骑兵，领头人大叫："贼人哪里跑，我在此等候多时！"原来正是李世辅。世辅提枪直奔青面夜叉，三下两下就将夜叉抓住，敌人全部投降，获得马骡军资器械不计其数。

世辅大胜，率兵回夏国。夏主大喜，更对李世辅刮目相看，立刻下令由文臣王枢、武臣啾讹与李世辅一同带二十万人马去延安找金人报仇。第二天，世辅先带着八百骑兵前往哨敌，王枢等大部队在后。到了延安城下，世辅大喊："快将延安还给我大宋，否则等我大军进了城，你定死无疑！"没想到守城头领赵惟清拿来大宋皇帝的赦文，说明宋金两国现在讲和，这里已归还宋国了。世辅一看，百感交集，痛哭失声，这泪水中有对祖国的思念,有对父亲的愧疚,但更多的还是喜悦。擦干眼泪,世辅转身对王枢、啾讹说:"延安已经回归,你们走吧,请转告夏主他的大恩大德我来日定报!"武臣啾讹一听不高兴了,直喊着:"你请兵时说好攻下陕西归我夏国,现在让我们回去算怎么回事?"

世辅一看,事情有变,抽出大刀就要与啾讹拼命,啾讹动作迅速,躲了过去。而世辅的部下看出形势不对,上前就把王枢抓住,夏兵深知世辅勇猛,谁也不敢动手。王枢被捕,世辅与赵惟清猜到夏国会来报仇,于是派贾雄带五千兵埋伏在延安南面,令关岳领两千兵藏在延安北面,而世辅则领兵将敌人引到中间,以炮声为暗号,三路夹攻。

没过多久,夏主果然派大将张遑等两万人马直取延安。张遑刚到边界,就看见远处尘埃四起,一彪军马直奔过来。张遑靠住阵脚,拍马舞刀迎战,一看原来是李世辅,大骂:"你个叛贼!"世辅也不含糊,回道:"我本就是宋臣,夏主的恩情我以后定报,你带兵前来为何事?"张遑一听更生气了,心想你抓了我大臣王枢,还问我来干吗,于是舞刀跃马,直杀向世辅。世辅转身就往本阵跑去,张遑的鹞子军像长了翅膀一样,飞奔追来。

大约追了几里,副将赵绰感觉不对,对张遑说:"那李世辅诡计多端,他不战而逃,恐怕是设了什么陷阱吧?"张遑恍然大悟,知道中计,立刻下令撤退。话音未落,只听延安中路号炮连天,三队合一,将张暹斩落马前。夏兵大败,但世辅没想杀王枢,便放他回国了。从此,夏国再不敢侵犯延安。

进城后,世辅将杀害亲人的贼人斩首示众,并开始招兵买马,保卫延安。此事被宋将吴玠看在眼里,他见世辅伟雄壮健,智勇双全,便向高宗推荐,高宗大喜,给世辅赐名显忠,归吴玠领导。

第三十六回

撒离喝兵败扶风

再说宋国使臣王伦来到汴京与兀术商议和谈,但兀术没有接见他,而是回国告诉皇帝:"决不能把河南和陕西归还宋国,也不能让王伦过来,只有这样我们才有机会进攻中原。"金国皇帝很听哥哥的话,点头答应。

王伦在汴京听到消息,非常气愤,坚持要去金国找皇帝谈判,但是没走多远就被金兵给抓了,带回皇宫。王伦看见熙宗,不卑不亢地说:"我是为两国和好而来,现在宋金边界已划定了,为什么不让我来谈判? 难道你们有什么不可告人的目的吗?"皇帝回答不上来,只能把他囚禁起来,又派了别人去宋国谈判。

这时候正赶上前一个使臣从宋国回来,据他报告:"宋国人说河南本来就是他们的地方,现在归还是天经地义的事,哪有给钱的道理。"金熙宗听了非常生气,说:"看来只有灭了宋国,才能出了我这口恶气!"说完命令兀术率领二十万大军进攻河南,撒离喝率领十万人进攻陕西,分道入侵。

那兀术的二十万大军,密密麻麻,杀气腾腾,吓得宋国各地官员不顾百姓,带着金银财宝就跑。只有王愫和魏经不肯做胆小鬼,在他们看来,身为大将军,就是要保卫国家,而不是享受富贵的。虽然金兵人多势众,也决不能投降,大丈夫一死不过头点地,现在正是报效国家的时候,于是两人募集军队准备死守。几天后,兀术大军杀了过来,王惟、魏经更不含糊,争先冲了上去,只见两军交战处尘烟滚滚,鼓声震天,人多得都数不过来了。兀术派手下将军与王惟单挑,王惟手拿大刀拍马迎战,打了几十个回合,也不见分晓。兀术一看赢不了王惟,便从马上拿起弓箭趁机偷袭。王惟没有防备,一箭被射中了脸,落马惨死。魏经上去正要营救,被那将军一枪刺穿了喉咙。可惜这两位大将,寡不敌众,战死沙场。兀术大胜,率军来到河南,而另一边撒离喝也进攻到了陕西。

消息传到临安,宋高宗非常愤怒,发誓与金国势不两立!说完就命令各路元帅分头抵抗金兵。就在这时有人上报说李纲死了,虽说李纲一直没回到高宗身边,但他实在是功不可没,高宗心中有数,此时此刻真是百感交集,后悔不已。但是现在不是自责的时候,眼看撒离喝大军就快到了,把守陕西的吴璘、杨政等人立刻召开紧急会议。

杨政首先发表意见:"金兵人多势众,我们不是对手,还是后退避一避吧。"其他的将军也都赞同。但是吴璘这时听不下去了,大声骂道:"你们这帮懦夫!乱了军心,应该杀了你们。现在皇上命令我们阻截金兵,我们就应该一起死守,怎么能跑呢?"于是他向大将军请命:"我立下军令状,用吴家上下所有人的脑袋担保,如果打不赢这场仗,甘愿被处斩!"于是吴璘率领大军浩浩荡荡地出发了。

几天后,探子回来报告说撒离喝已经到了,吴璘把目光投向部下,问道:"金兵的人比我们多,谁敢去带兵杀敌?"只见姚仲上前一步,说:"我去!"紧跟着李师颜也要求前往。于是吴璘下令让姚仲带领三千人马,李师颜率领两千骑兵,一同出发。

姚仲大军走了不一会儿,看见远处金人大喊着朝这里杀了过来。姚仲指着撒离喝的鼻子大骂:"金狗,也敢在我的头上动土!"撒离喝非常生气,命令手下将军率三千人马去迎战。姚仲与那人打了没有几个回合,又有一个金国将军跑过来帮忙。姚仲一个打两个,打了几十个回合,双方筋疲力尽也没分出胜负。

这时候金兵放出拐子马,杀伤力极强,宋兵抵挡不了,四处逃跑,形势十分危急。就在此时,李师颜及时赶到,两路宋军一起夹击,终于和敌人打了个平手。但是姚仲并不甘心,杀得正激动时大喊道:"不能输,输了还哪有脸去见吴将军!"只见他一鼓作气,使劲使出浑身力气,将对方首领斩于马下,而李师颜也冲上去,将拐子马的腿脚砍断,金兵一看打不过敌手,个个吓得赶紧逃跑,而撒离喝则逃进了附近一个叫扶风的小城。

姚仲与李师颜胜利而归,吴璘十分高兴,感叹道:"兵书上曾经说过,只有坚硬的城墙才能抵抗千军万马,如今他们躲进那个小地方,就是装满了金兵,也赢不了我们啊。况且金人没有耐性,我们用激将法引他们出来决战,一定能赢。"于是吩咐手下将士在城底下大骂:"你们这些不守信用的死金奴,等粮草吃光了,做个饿死鬼吧!"

撒离喝一听,气得火冒三丈,忍不住要出去决战。身边的谋士劝阻说:"吴璘有勇有谋,现在出去恐怕有陷阱,还是等兀术来救我们吧。"撒离喝不听,第二天率兵出战。吴璘早料到撒离喝这人眼里容不下半粒沙子,肯定中计,于是命令李师颜带着两千人马,绕到城背后去埋伏,看见起火了,就去攻城,随后自然有人支援。果然,开战后不久吴璘就装作打不过逃跑,金人不要命地追了过去。没追几里,后面突然起火。好像有很多人在喊叫,撒离喝害怕了,想逃回去。刚跑到起火的地方,两侧突然有许多兵杀了出来,山上的箭也像雨一样倾泻下来,金兵互相拥挤,踩死了很多人。正当撒离喝快跑回城里的时候,李师颜从城壕边杀了出来,不一会儿后面的追兵也先后到达。撒离喝一看前后被围,只好拼了命地逃跑,一路上不管手下的死活,左推右挡才留住一条小命,不过他那十万大军也死得差不多了。

金兵逃跑后,宋高宗捏了把汗,心里是既高兴又担心,那兀术可不是等闲之辈,万一杀来,可不是闹着玩的,于是下令刘锜立刻动身与兀术交战。

第三十七回

刘锜大胜韩复雄

再说撒离喝大败，立刻告诉兀术尽快进攻河南，否则就来不及了。兀术接到命令，派手下韩复雄先去拿下河南一个叫顺昌的地方，而把守河南的刘锜此时也正带着四万人马，前往顺昌。

传说刘锜军队在行军途中，帅旗被大风吹断，刘锜有了不祥的预感，于是跟部下说道："看来东京已经被金国人占领了。"话音未落，就有士兵传来消息，东京果然失守了。刘锜心中一沉，忙问："我们还有多少粮食？""几万担。"士兵回答。"行军打仗靠的就是粮食，我们有几万担，肯定可以守得住。"刘锜松了口气，下令部队继续前进，死守顺昌。

此时，附近打了败仗的将士们听说刘将军来了，纷纷赶来投奔，并向刘锜报告："金兵人太多了，我们根本抵抗不住，还是撤退回南方吧。"刘锜对他们的投奔本来很高兴，一听这话，脸色顿时大变，骂道："东京都已经失守了，你们还想往哪儿逃？难道让金人打到临安去吗？我们粮食这么多，不怕他们围城，谁想逃跑，斩立决！"手下将士再不敢逃跑。之后，刘锜又让家人搬进城里的寺庙，在门口堆满柴火，吩咐他们如果金兵打进来了，就点火自杀以免受辱。

与此同时，附近的一个将军带着全城百姓前来投奔，刘锜为了让百姓安心，下令把所有的船凿沉，誓死保卫国土。百姓们听到这个消息，都十分激动，男的帮助守城，女的就打磨兵器，发誓和顺昌共存亡。就连城外的几千名百姓，也都把自己的房子烧了，进城一起防守。

几天后，金兵大部队一路杀来，刘锜命令手下的两个猛将分别率领五千人绕道到金人的后面，准备偷袭。又命令城里的人停下手中的活，全部躲进屋子里，谁也不许出声。金国的军队到城门下，发现城门大开，一个人都没有，一点声都听不到，城外的房子也都烧了。他们以为宋国人都跑光了，就大摇大摆地准备进城。这时候埋伏在后面的两个猛将带领士兵杀了出来，城里的士兵也不知道从哪里冒了出来，一起攻击金兵。金兵四面受敌，哪还有心思抵抗啊，只能不要命地逃跑，一万多士兵，不是被杀死，就是被俘虏。而宋军基本没什么损失。

消息传到金国大将军韩复雄那里，顿时惹火了他，于是他下令集合部队一齐向顺昌进发。此时刘锜也在布置战术，他知道敌兵的人数比自己的多得多，就命令一名将军先带领几百人，去侧面埋伏，金兵一攻城就大敲锣鼓，声音越大越好，金兵肯定以为有埋伏，不敢动手。

刚刚吩咐下去，韩复雄的大军就到了顺昌门前。他发现城门又是大开着，一个人都没有，于是哈哈大笑说："原来宋人就会这么一招，看我不把你们杀光了的！"于是自己没敢进去,而是远远地命令弓箭手向城头上射箭。可是顺昌是个大城,城墙很高,箭射不上去,一点效果都没有。刘锜则命令士兵用改装过的弩来射击金兵,几万张弩一起发射,金兵死了很多人,效果大不一样。

韩复雄一看傻了,只好命令士兵后撤,正在后撤的时候,宋国骑兵从城里杀了出来,刘锜一马当先,连杀了几个金国将军,没有人是他的对手。没等敌人来得及反击,就听见两侧鼓声震天,好像有无数埋伏的兵马杀了出来。金兵一下就没了斗志,只想逃跑,刘锜追杀了几十里才停下,缴获金兵的武器无数,连手中的大刀都砍弯了。

韩复雄大败,心里也难过,他说:"宋国的士兵才几万人,我率领十二万大军都赢不了,如果遇到岳飞,恐怕更完蛋了。"他清点了一下败兵,还有八万多人,仍然比宋兵多很多,于是又不死心,命令士兵打造云梯攻城。刘锜一看,这不是送死来了,立刻下令用火箭射云梯,霎时间火焰连成一片,摔死了很多人,金兵一点办法都没有,只能远远地把城围住,准备打持久战。

而刘锜这边,连胜两战,却不敢放松警惕,连夜召集部下,说:"兵有多少都不重要,重要的是有没有会用兵的将领。"说完他派手下去城里招募身体健壮的男人前来报到。招募两天,共带回五百人。刘锜用他们做什么呢?原来是教他们把竹子做成乐器,连夜偷袭敌营,自己则亲自带领骑兵配合他们,看见哪里起火就攻向哪里。火灭了就躲起来,用竹声辨别方位重新集合,再攻。

一切就绪,这天夜里伸手不见五指,刘锜先派一名手下去金营点火,自己带领骑兵和壮士随后赶到。壮士绕到金营后面,看见哪里起火,就杀向哪里。火灭了,全都藏起来,听竹声集合。金兵睡得正香,这么一折腾全都乱了套,根本不知道发生了什么事。就这样,刘锜率领骑兵不停骚扰,冲几次就跑,隔一会儿再冲。金营上下乱作一团,分不清方向,也看不清敌我,结果自己人厮杀起来。而宋国壮士们跟着火光,见到扎辫子的就杀,里里外外金兵损失惨重。韩复雄一看,这还了得!立即命令大军冲出营地,正好遇到宋国的骑兵,开始厮杀。这一打不要紧,没想到刘锜勇猛无敌,一连斩下几个金国大将,金人抵挡不过,开始没命地逃跑。

这时天下大雨,道路非常泥泞,金兵互相拥挤、踩踏,后面又有宋军追杀,真是恨不得找个地缝儿钻进去。刘锜一直追到天亮,几十里下来,一路都是金人的尸体,而韩复雄仗着护卫保住了小命,灰头土脸地见兀术去了。

第三十八回

刘锜妙计胜兀术

兀术在汴京听说金兵打了败仗,死了很多将领和士兵,十分生气,马上率领十万大军前来救援,不到七天就到了顺昌附近。刘锜听说兀术来了,召集众将领商议。那些怕死的将领又说:"上一战我们赢了,不如趁这个机会撤退吧,兀术太厉害,我们根本不是他的对手。"这时,站出来一人反对说:"朝廷养我们十五年,就是为了这个时候能派上用场。前一仗以少打多我们都赢了,现在怎么能撤退呢?"

刘锜点头说道:"连文官都不怕死,你们这些武将怎么这么胆小?如果我们跑了,士气就没了,兀术一定趁机南下,到时候湖南、浙江怎么办?我们前一仗的胜利果实,不都白费了吗?"众将军听了刘锜的劝告,积极准备守城。

虽然刘锜主张出战,但也深知两军实力相差悬殊,硬拼只是下策,于是想出一条妙计,可是任务艰巨,派谁去呢?正在此时,他忽然想起一个人,这就是曹成。曹成听说刘锜找他,立刻前来,只见刘锜试探地问道:"我现在交给你一个艰难的任务,你敢去吗?"曹成忙答:"我一直想为朝廷立功,可惜没有机会,现在终于等到了,怎么会不敢呢?"

"那好,我让你去兀术那儿使反间计。如果成了,就是大功一件。按我说的做,敌人一定不会加害你;等兀术来了,你就带兵去迎战,装作打不过被他们抓住,兀术问你,你就说是我身边大将,现在朝廷听说我打赢了,希望放弃东京和金国人讲和,兀术听了一定轻敌。明白了吗?"曹成点点头去了。

第二天,曹成带着一队人马去迎战兀术,正遇到兀术的先锋,上前打了几个回合,装作打不过跌下马来,被金兵抓住了去见兀术。兀术问他,他一点都不害怕,按照刘锜教的说了。兀术听后哈哈大笑:"宋国人不过如此。"说完带领士兵前进,去和前面的败军会合。见到韩复雄,他骂道:"宋国兵还不到你的一半。为什么打了败仗?你还有脸在这儿见我?"韩复雄小心翼翼地回答:"现在宋国的将军跟以前不一样了,十分厉害,您试试就知道了。"

刘锜用被俘房的金国将领把曹成换了回来,问他计策施行得怎么样,曹成一五一十地说了。刘锜笑道:"这回我们赢定了!现在天气炎热,我们在河里下毒,金兵喝了肯定得病,那时机会就来了。切记,千万不能让我军将士喝此河水!"接着便命人去兀术那儿送战书。兀术拆开战书,上面写着:我们大宋希望两国和好,可是金国却不讲信用,趁我们没有防备,派了那么多人攻打,我们的皇帝非常生气,派我来消灭你们。我是宋国最厉害的将军,我在河上造了五座桥,方便你们渡河来攻打,有胆的就来吧!兀术气得把使者打了一顿,写下决战时间,让他带回去。

很快就到了决战的日子,刘锜果然在河上造了五座桥,兀术的谋士怀疑说:"宋国人会那么傻给我们造桥吗?这里面可能有计谋啊。天气这么热,如果赢了还好,一旦输了,我们孤军深入,桥再被拆了,跑都没地方跑,我们就任人宰割了啊,请大帅好好想想。"兀术不以为意,摆摆手说:"刘锜那点小伎俩,我早就知道了,不用太担心。"说完命令士兵给马披上牛皮当作护甲,将经过训练的几千匹马拴在一起作为前锋,左右两侧布置两个大将带骑兵包抄,自己则带领大部队在中间作为主力,这都是正面交锋的阵型,却不能攻城。

兀术气势汹汹地赶来,却没想到刘锜在城内命令将士坚守城池,闭门不出。兀术急了,命令士兵撞城门硬闯进去,不料宋兵却把滚烫的油浇在门上,烫得敌人哭爹喊娘,接着金兵又爬云梯上城墙,只见无数石头、火箭一齐滚射下来。就这样你攻我守,双方打了几天,金兵损失惨重,还是打不进去。

当时正赶上三伏天,非常炎热,金兵都是北方人,这些天不停地攻城,吃睡都穿着厚厚的战甲,晚上还要防备偷袭,是吃也吃不香,睡也睡不好,都累得不行了。河里的水还被刘锜下了毒,很多金兵得了病,下不了地。宋国的士兵却可以轮着休息,十分有精神。刘锜看到这种情况说:"现在可以出城去打了。"命令一个将军带五百人,从城后绕出去,开战的时候就把桥全部砍断。自己带领所有士兵冲了出去。

兀术看见宋兵竟然冲出来了,大吃一惊,连忙命令士兵迎战。可是他的士兵现在是累的累,病的病,哪还有力气战斗,一遇到宋兵打不上几个回合就被杀死。加上刘锜勇猛无敌,见人就杀,没有将领是他的对手。很多金兵掉头就跑,兀术的命令也不听了。可是等他们回过头去,发现桥都没了,河水又急又深。很多金兵都不会游泳,无路可逃,只能在战场跑来跑去,被宋兵一一杀死。会游泳的不是被宋兵拿弓箭射死,就是互相拥挤淹死了,整条河都被血染红了。兀术在大批将士的拼命保护下,没有被杀死,跑回汴京去了。

宋高宗听到这个消息,非常高兴,一一赏赐了刘锜和守城的将士。

第三十九回

再兴误走小商桥

兀术战败的消息传回金国，金人都怕得要命，以前抢夺的金银财宝也顾不上拿了，纷纷跑回北面的老家去了。宋朝的官儿以为已经把金国赢了，他们又可以享受了，全都冒出头来，好像是他们打了胜仗一样，头抬得比谁都高。

兀术跑回汴京以后，气还没消，他以前哪这么窝囊过啊，就把气都撒到手下将军的身上，使劲鞭打他们。过了几天，他不甘心失败，就派手下各路将军分头出击，让宋国人忙不过来。

撒离喝率领一路兵马来到一个叫泾州的地方。吴璘听说后去救援，把军队安置在很高的山寨中。撒离喝看到是吴璘，对手下说："我不是这个人的对手，我们还是换个地方攻打吧。"说完灰溜溜地走了。

宋国有个叫王德的将军，文武双全，官却不是很大。金兵打到哪里，他就去哪里救援，先后击败了四路金兵。他的上司张俊夸奖他说："你真是太厉害了，等金兵退了，我就去向皇上推荐让你做大将军。"王德说："我只想为国家立功，不想要什么赏赐。"

各地打了胜仗的消息传回京城，皇帝高兴得不知道怎么好了。他这回也趾高气扬起来，写信骂金国的皇帝不讲信用，让岳飞的大军赶紧过去攻打兀术的大本营汴京。岳飞在洞庭湖赢了杨幺以后，收到皇上的命令，马上命令杨再兴、岳云各带着五千人去攻打汴京，自己随后就到。

最先走的是杨再兴，这时已经是十一月了，一直下着大雪。杨再兴带着兵在雪地里走了两天两夜，终于到了离朱仙镇不远的地方。他们看见金国的营寨多得占了几十里的地方，杨再兴对士兵说："你们看他们的兵像蚂蚁一样多，你们上去只会白白送死，我先自己过去，探下实力再说。"于是他将将士们留在原地安顿下来，自己举起长枪杀了过去。

正遇上兀术第一队将军杀了过来，杨再兴一出手，就将对方从马上打了下来。金兵看将军死了，掉头就跑。杨再兴在后面追赶，兀术第二队将军赶紧过来帮忙，又被杨再兴一枪杀死。一会儿工夫，杨再兴已经连杀两个大将了。紧跟着，第三队的先锋杀上来，正好碰到杨再兴，可惜这金将的刀还没举起来，就被一枪把脖子戳了个窟窿，从马上掉下来死了。杨再兴把那些金兵杀得是抱头鼠窜，都恨爹娘少给自己生了两只脚，不要命似的逃跑。第四队的将军听说后，带着人马跑来接应，撞见杨再兴，没打上一个回合，又被杨再兴杀了，不到一个时辰，杨再兴就让四个金国大将归西了。

四队金兵总共四千多人，主将已死，他们只好四处逃跑。慌乱之中谁也顾不上谁，互相差点挤破了头，受惊的马到处乱跑，踩死很多人，一路上尸体如山，血流成河。即便如此，杨再兴也不想放虎归山,心想:"我从近处包抄,截住他们的去路,杀他个一干二净!"于是飞奔向小路。

可是杨再兴不知道这个地方有一条河,叫作小商河,大雪把河给遮盖住了。那些金兵都知道小商河,河那边还有个小商桥,所以他们都向桥那面逃跑。小商河的河水虽然不深,却都是淤泥和水草,要是有人掉了进去,一时半会儿也爬不出来。杨再兴骑马到了那里,扑通一声跌了进去,好像跌进了陷阱一样,怎么也爬不出来。那些金兵看见,连忙大叫:"放箭!放箭!"几千个士兵一起射箭,箭好像大雨一样下来。可怜杨再兴啊,被射得像柴火垛一样。

这时候后面鼓声震天,是岳云的兵马到了。金国士兵看见岳字旗号,害怕得大叫:"大家快逃命啊!是岳爷爷的兵到了!"听者没一个不像没头苍蝇一样跳了起来,拔腿就跑。岳云在后面追赶,杀了几个将军,就不再追赶,回去把杨再兴的尸体抬出来。只见杨再兴中了上百箭,身上没有一块好肉了。岳云哭着命令士兵把尸体烧了,回去报告岳飞。岳飞非常痛苦:"再兴勇猛无比,立了很多大功,我没有一个部下能比得上他,真是可惜啊!"

正在岳飞悲痛之时,忽然外面来报:"兀术的大军来了!"岳飞正计划为再兴报仇,没想到他们就送上门了,于是派一名部将带一千人埋伏在小商桥的旁边,等敌人经过时放火烧桥,又将部队分为两路,让岳云带领一路先杀出去。

兀术的先锋刚过了桥,岳云的大军就斜着杀了出来,金兵抵挡不住,纷纷逃命。兀术看先锋打了败仗,于是亲自率大部队过桥来迎战岳云。就在岳云向后撤退时,岳飞带着第二队人马杀了过来,和兀术打了没一会儿,岳云从另一侧又杀回来了。兀术看打不过了,自己先跑了。金兵看见元帅都跑了,开始到处逃命。可是桥已经没了,兀术他们只能骑马过河,很多人陷在了河里,被射死了,好不容易跑了过去的还没站稳,把桥烧了埋伏起来的宋军又杀了过来,金兵大败。兀术趁着黑夜逃跑。岳飞在后面追赶,一直追了五十里路才回来。

回到营地,岳飞对岳云说:"兀术是个死要面子的人,不会甘心失败,一定会派兵攻打附近的城池,你带着一万人去救援。"岳云领兵走了。走了几天,果然看见兀术在带兵攻打一个城池。岳云一马当先冲了上去,金兵已经被岳飞打怕了,看见岳家的旗号,根本就不想抵抗,只想逃命。兀术看见手下都跑了,没办法,只好一路跑回汴京,连头都不敢回。岳飞得知,即刻召集部下,说道:"兀术输了这么多仗,士气已经非常低落了。我们只要再赢一次,他就再也没有胆量敢侵略我大宋了。"说完命令大军前进,驻扎在朱仙镇。

第四十回

汤怀冒死送九成

各处的将领听说岳飞的大军到了朱仙镇，要攻打汴京，都带兵前来，总共三十万大军，齐聚一处。就在岳飞正和众将士商量作战方案的时候，忽然从外面传来急报："圣旨到!"大家一听，连忙赶去接旨。原来高宗皇帝赐给岳飞一把尚方宝剑，有罪的人可以先斩后奏，有功的人不用报告随便赏赐，并派新科状元张九成前来做参谋。

宣布完圣旨，只见张九成身穿官服，扑通一声跪下，对将军们说："各位大人在上，张九成参见。"岳飞等人连忙将他扶起，请为上座。张九成连连摇头，后退一步说道："各位大将军在上，我哪里敢坐!"岳飞立刻上前一步，紧握住张九成双手，说："状元是奉了皇上的命令前来助我们一臂之力的，我们有很多事情要请教，哪有不坐的道理?"这样一说，张九成只好坐下，但只坐在了边上。

岳飞问他："状元不在朝廷辅佐皇上，怎么跑到我这儿来当参谋呢?"张九成回答说："因为我家境贫寒，没有钱孝敬秦桧，所以秦桧在皇上面前说我的坏话，把我贬到这儿来了。"岳飞对各位元帅说："岂有此理! 秦桧也是读了许多年书，才

167

从一个穷书生当上了丞相，怎么能这么看重钱财？"

正在这说话的工夫，又有圣旨送来。将军们出来接旨，只听那钦差在马上说："只要新科状元张九成上来接旨。"张九成连忙上前跪拜："臣张九成接旨。""现命张九成去塞外问候被囚禁的钦宗老皇帝，必须马上动身，不许有任何借口！"说完，钦差掉头就走了。各位将军回到营帐，全都非常气愤："什么圣旨！一定是秦桧造的假圣旨陷害状元。现在朝廷有了这样的奸臣，我们这些忠臣可怎么办啊！真让人心寒！"

于是岳飞问张九成："状元打算什么时候走？"张九成说："皇上的圣旨都下来了，我怎么敢耽搁呢？希望元帅派一位将军，把我送出那边的金营，今天就动身。"岳飞答应下来，马上问下面的将军："哪一位将军敢去送状元？"只听有人回答："我愿意去！"岳飞抬起头来一看是汤怀，眼泪就不自觉地流了下来，说："汤将军一路可要小心啊！"

岳飞和将军们送出张九成、汤怀很远，虽然双方都舍不得道别，但前面的路还是要走。张九成先停下脚步，转身向众将士深深鞠了一躬，说道："各位大人请回吧！"汤怀也上前一拜，哽咽地说："各位将军，我走了！"接着，转身又对岳飞说："大哥，小弟走了！你多多保重！"只见岳飞眼眶湿润，竟说不出话来，最后实在不忍心看见汤怀离去的背影，便带领众人返回营地去了。

汤怀一路保护张九成，终于来到金营，扯着嗓门喊道："你们听着，我大宋皇帝派新科状元张九成去塞外问候我们老皇帝。快去通报兀术，把路给我们让开！"小兵忙去报告兀术。兀术说："宋国还有这样的忠臣,值得敬佩!"说完命令士兵分开,让出一条路给他们。再让一个手下将军,带着五十个士兵护送张九成到塞外去。小兵传下兀术的命令,那些金兵从中间分开,让出一条大路。张九成和汤怀一起走进营来。金兵金将看见张九成长得非常英俊,一点都不害怕,手里拿着圣旨,后边的汤怀用长枪保护着,都大声叫好:"真是少年英雄!"

兀术也来观看,一个劲儿地称赞。他见汤怀跟在后面,便问军师说:"这就是岳飞手下的汤怀?"军师回答:"正是汤怀。"兀术不敢相信自己的眼睛,感叹道:"宋国还有这样不怕死的英雄,叫我怎么夺得了他们的土地啊?"说完便吩咐手下:"把大营后路封上,汤怀回来的时候,一定要抓活的,违令者斩!"

等张九成和汤怀顺利出了金营,汤怀站住了,语重心长地说:"张大人,就在此拜别吧,我不能远送了!"张九成感激之余,心中不免有些感伤,说:"今天和将军分开后,估计这辈子是见不到了!"说完便哭着走了,而此时汤怀也已经泪流满面。待张九成的身影走远后,汤怀擦干眼泪,拿起手中长枪,便杀进金营。大批金兵上前拦住,喊道:"汤怀,今天你别想回去了!乖乖投降吧,我们元帅还要封你做一个大大的官呢!"汤怀愤怒之下,回道:"呸!死金狗!爷爷我今天进来,就没打算活着回去!"喊罢就杀进重围,大战金兵。

汤怀的武艺本来就不是太高,那座金营还有五十多里长,一杆枪怎么杀得出去?只见金兵一层一层地围上来,大声叫道:"汤怀,快下马投降吧!要想出营,这辈子是不可能

汤怀宁死不降敌

了！"汤怀手中的这支枪哪里招架得住这么多人的武器。他心想："完了！我今天一个人，肯定是杀不出去了。要被他们抓住，求生不得，求死不能，与其被羞辱，还不如自杀了！"大叫一声："慢着！"金兵以为他要投降，大叫着说："快快投降，省得被我们活捉！"汤怀大声喊道："呸！你们把我当成什么人了，怎么会投降？等不久我的大哥岳飞就会打到黄龙府，捉住完颜老贼，把你们杀得一个不剩，替我报仇！"接着大叫说："岳飞大哥！我这辈子不能再见到你了！各位兄弟们，我今天和你们分别了！"说完拿起手中的枪，朝自己脑门刺了下去，自杀而死。

兀术听说汤怀自杀，不住赞叹他的忠心义气，命令士兵把汤怀的头挂在营前，尸体厚葬。岳飞听到消息后哭着说："我和汤怀从小一起长大，是拜把子的兄弟。现在他还没来得及享福，竟然死在金人之手！"说完，放声大哭。将军们也不住地叹气，劝岳飞不要太伤心了，岳飞吩咐准备送葬的物品，要对着金营祭奠。

第四十一回

岳飞兵近黄龙府

兀术在汴京怎么想都不是滋味，召集部下商议对策。他说："岳飞打仗太厉害了，我被他打败了很多次。现在他把军队驻扎在离我们这么近的地方，士兵都被吓破了胆。你们谁有好的计策？"部下也都怕了岳飞，他们说："我们实在是打不过岳飞，不如放弃汴京，回到北方去吧，看宋兵有什么反应再说，这也是没有办法的办法。"兀术想了想也只能这么办了。

这时候有一个书生模样的人走了进来，对兀术说："四太子不用害怕，岳飞就快撤军了。"兀术问他："岳飞用五百个骑兵就能打败我十万大军，现在汴京的百姓日日夜夜盼望他来，怎么会撤退呢？"书生说："从古到今，从来没有朝廷里有奸臣掌权，外面还有大将能立功的。岳飞自己的性命都危险了，哪还能进攻这里呢？"兀术恍然大悟，拍着脑门说："这是老天派你来帮助我的啊。"连忙向书生道谢，下令军队守城。

兀术写了一封信放在蜡丸里，命令一个亲近的部下送去给秦桧，责问他为什么不守信用，一点也不听话，让他杀了岳飞，就算报了大恩了。这个部下把蜡丸藏在头发里，秘密地向江南来了。

这时候秦桧正在西湖边上和老婆享乐呢。兀术的部下直接走到秦桧跟前。秦桧吓了一跳，忙问他："你是谁？怎么不去我家找我，跑到这儿来了？"这人在秦桧耳边悄悄地说："是兀术派我来的。"说着，把蜡丸交给秦桧。秦桧点了点头，把蜡丸打开，看完信，赏那人一锭银子，对他说："你告诉四太子，说我知道了，叫他不用担心。"

等那人走远，秦桧跟他老婆王氏说："兀术叫我谋害岳飞，可是现在岳飞手握大权，又没犯什么错，我怎么害他呢？"王氏说："如今夫君你是一人之下、万人之上，杀个岳飞有什么难的呢？你只要明天早上跟皇上说金国人打算讲和，把太后送回来，还准备给我们进贡。而前方的将军们争夺功劳，都不肯讲和。皇上听了一定会非常生气，命令他们都回来。岳飞是个忠心的人，皇上叫他回来，他不敢不回来。等他回来以后，夫君随便找个理由把他杀了就好了。"秦桧听了非常高兴，笑着说："还是老婆你聪明啊！"

第二天，秦桧上奏宋高宗说："我听说金国的人打算讲和，把太后送回来，河南也还给我们，还每年给我们很多钱和美女。陛下把岳飞召回来，咱们同金国讲和吧。"宋高宗非常高兴，命钦差去叫岳飞回来。岳飞对钦差说："金兵的士气已经没了，我们的士兵却士气高涨，这是把金国打回老家的最好机会。请您回去告诉皇上，现在正是我们收回领土，报仇雪恨的时候。如果听奸臣的话，让大军撤回去，那我十年的努力就白费了。"钦差走后，岳飞集合三十万大军，附近的英雄好汉、绿林豪杰，全都过来投奔。老百姓拖家带口，房子也不要了,推着大车,把自己家剩下的粮食送给岳飞,人多得把道路都塞满了。

现在被兀术统治的汉人都不听他的了,他想募集民兵打仗,没有一个人愿意帮他。他命令手下出去偷袭,士兵们见到岳飞拔腿就跑,一点也不抵抗。他的将军们打了败仗,害怕得不敢回来见他,都去投奔岳飞。他手下最勇猛的将领,听说自己的部下想杀了自己献给岳飞投降,主动自己先去投降了。甚至在塞外的金国人都跑来投奔。兀术叹息地说:"我自打从北方来到这儿,从来没有像今天这么窝囊过。"只好秘密命令剩下的将领们准备撤离汴京。

而岳飞夜观星象,见紫微星被不知名的星星阻挡,更证实皇上是被奸臣蒙蔽了,于是在气愤之下创作了《满江红》,以此表达他的志向:"怒发冲冠,凭栏处潇潇雨歇。抬望眼,仰天长啸,壮怀激烈。三十功名尘与土,八千里路云和月。莫等闲,白了少年头,空悲切。靖康耻,犹未雪,臣子恨,何时灭!驾长车,踏破贺兰山缺。壮志饥餐胡虏肉,笑谈渴饮匈奴血。待从头,收拾旧山河,朝天阙。"

再说那边钦差回去报告高宗皇帝,皇帝觉得岳飞说得很有道理。此时秦桧也在旁边,他赶忙对皇帝说:"陛下要是希望太后早点回来,还是讲和的好,不能因为边境的一点功劳耽误了咱们的大事啊。希望皇上将刘锜、吴璘、韩世忠、岳飞等把守边疆的将士全部召回,以显示咱们的诚意。"皇帝觉得秦桧说的也有道理,几番思索,还是下令全都班师回朝。

圣旨下去以后,只有岳飞不回来,岳飞给皇上写了一封信,信上说:"我的探子告诉我,兀术的家人从汴京逃跑了,金银财宝掉得到处都是,估计兀术也快跑了。用不了多久,我就能把金兵打回老家,把以前失去的土地都抢回来。现在是最好的时机,如果错过,不知道什么时候还有机会了。请陛下好好想想。"秦桧也看了信,在一旁说:"别的将军都回来了,只有岳飞不回来,还一直找借口,他可能想自己当皇帝啊。"皇帝听了非常愤怒,命令手下连发十二道金牌催促岳飞回来。

岳飞收到金牌,大声痛哭,对将军们说:"我岳飞十年的努力,现在都白费了。不是我不想为国家立功,是朝廷的奸臣不让啊。"岳云和其他将领对岳飞说:"元帅,现在汴京就在眼前,将在外,君命有所不受啊。等过几天我们把兀术抓了,回去献给皇上,皇上就不会责怪了。"岳飞说:"咱们精忠报国,如果现在违抗皇上的命令,不是成了叛徒吗?皇上下了十二道金牌,一定非常着急,不要说了,咱们回去吧。"说完命令大军收拾行囊,准备撤军。

第四十二回

王德淮南胜兀术

岳飞叫来手下的两位将军,秘密地对他们说:"现在我把三十万大军分一半给你们,用他们来抵抗金兵,剩下的我带回去,这件事千万不能被人知道。"二位将军收到命令走了。

第二天岳飞带领军队从朱仙镇撤离,附近的百姓听说岳飞要走了,都跑来哭着说:"我们是因为将军要攻打汴京,家都不要了,跑过来帮忙。这些事金人都知道,等将军一走,我们一定会被金兵杀了。"说完大声痛哭。看到这种情景,士兵们也都哭了。岳飞没办法,只好把十二道金牌给百姓们看,哽咽地说:"不是我不管你们,而是朝廷命令我马上回去,我不能不走啊。我会带兵在这里继续驻扎五天,你们赶快跑吧。"

兀术听到岳飞撤军了,知道是秦桧用的计谋,非常高兴。没用几天,他就把岳飞辛辛苦苦打下来的地盘又都占了回去。而撒离喝那边,自从被王德打败之后,一直躲着不敢出来,兀术叫他帮忙,他就当不知道。这会儿听说岳飞撤退了,不知道从哪儿找来了十万大军,也不可一世地开始攻打宋国的城池了。

过了没多久,撒离喝的大军开始攻打延安。延安的总管看见金兵浩浩荡荡,占满了几十里的地方,心里暗暗害怕。撒离喝派一个谋士过去劝降。谋士大说特说了一顿,把延安的总管说动,答应回去和部下商量一下。总管回去后立刻召集部下,他的副手忠植说:"你这是在说什么?朝廷让我们守卫边疆,现在金兵来侵略,是他们不对,道理在我们这边。你应该激励士兵和百姓,坚守城池,打败金兵。万一输了,也应该以死报答皇上,这是我们的责任。"但是贪生怕死的大有人在,其中一个将领见忠植不愿投降,害怕耽误大家的出路,于是偷偷把城门打开,让金兵进来了。金兵进城之后,抓了忠植全家。虽然忠植不从,还破口大骂,但撒离喝并没有杀他,而是让他去一个叫庆阳的地方劝降。

庆阳的将领看见金兵来了,人多得看不到尽头,十分害怕。这时候忠植站在城下大喊:"我是延安的将领,被金兵抓了,恨不得吃他们的肉喝他们的血。今天他们让我来招降,希望你们不要辜负朝廷,坚守城池,等待救援啊。"撒离喝气得不行,命令士兵用刀插他的嘴,忠植大骂他们:"快杀了我吧,我是绝对不会投降的。"接着他就被金兵杀害了。庆阳将领看到此景,不但没被感动,反而都被吓破了胆,赶紧开门投降了。撒离喝没死一个士兵,就夺了两个城池,自然准备继续进攻。他的谋士说:"再往前就会遇到杨政、吴璘、姚仲他们,咱们不是对手,还是在这儿休息一下吧,等兀术进攻的时候,咱们配合一起进攻,让宋国人忙不过来。"撒离喝非常赞同,他也被吴璘打怕了。

　　与此同时,兀术这边招募了一些民兵和以前的残兵败将,向淮南一带进军。宋国皇帝命令张俊、刘锜他们去救援。张俊听说兀术快到长江了,跟部下说:"兀术现在士气大振,咱们还是放弃淮南到长江南岸守着吧。"他的部下王德说:"淮南是长江的屏障,一旦淮南丢了,长江也守不住了。金兵赶了那么久的路到这儿,全都非常劳累,粮草也供应不上,我们应该趁机打败他们,一旦错过机会,淮南就再也不是我们的了。"张俊犹豫不决,王德又说:"现在是胜败的关键时刻,将军不要犹豫了。"张俊答应了他,过江准备战斗。

　　王德来到淮南,看到金兵的人数众多,决定绕道去偷袭金兵后面的和州切断他们的后路。攻下和州后,兀术非常害怕,命令部下带领一半的大军去救援。王德率领士兵在城里防守,就是不出来。三天后的夜里,金兵都累得睡着了。王德突然率领大军从城里杀出来,金兵还在做梦呢,就被杀了。王德一马当先,杀了兀术的三个心腹大将,金兵死了非常多的人。

　　战后,王德的副手对他说:"兀术知道这边打输了,一定会带兵亲自来攻击,咱们回城防守吧。"王德说:"咱们现在士气大振,直接冲过去把兀术抓了,以后边境就不用担心了。"说完带领大军向淮南杀去。金兵怎么都想不到,王德敢过来攻打他们。金兵准备不足,再加上后路被切断,粮草运不过来,士兵们都吃不饱饭,仓促地打了起来,怎么会是王德的对手呢。王德率军杀得金兵没命地逃跑,把长江水都染红了。兀术命大,又一次逃脱了。王德收复了不少城池。

他的上司张俊听说了这个消息非常高兴,派人去打听兀术跑到哪里了,约刘锜、杨沂中一起攻打兀术。过了几天,张俊、杨沂中、刘锜的军队会合在一起,大家非常高兴,一边喝酒一边商量军事。

刘锜说:"兀术不停地攻打我们,大家有什么好计策,可以打败他们,让他们再也不敢来?"一个将军回答说:"兀术虽然名气很大,可是跟咱们打占不到什么便宜,只是因为他们人太多了,怎么杀都杀不完。不如我们派出所有大军,跟兀术决战,一次把他们杀光。"刘锜摇摇头说:"不行,兀术名气大是有理由的。正面对抗我们不一定能取胜,还得用计谋才行。我希望大家率领士兵,从三个方向攻打兀术,我在侧面增援,一定能成功。只是不知道谁敢带兵从中间攻击。"杨沂中和张俊答应了下来。第二天一早,宋国的大军就浩浩荡荡地出发了。

第四十三回

杨沂中战败濠州

兀术知道宋军分三路来攻击他,命令他的十多万骑兵分成两队,排好阵势等待宋军。王德观察后对张俊说:"金兵的右路最厉害,我去带兵攻打他们,将军看我赢了就冲上去。"张俊答应了他。只见王德挥舞着大刀,不到十个回合,就把金兵右边的大将砍下马来。张俊见他获胜了,和杨沂中一起从中间冲锋。宋国的士兵被欺辱了这么多年,都憋了一口气,现在是决战的时候了,全都拼了命地杀敌,一个人能顶得上金兵十个。

兀术不愧是金国大元帅,他看情形不好,命令部下在侧面不停地用拐子马冲锋。拐子马后面还跟着无数弓箭手,箭像雨一样射下来。杨沂中命令所有士兵举起大斧子,形成一面墙,这样弓箭就射不进去。他又命令边上的士兵躲在斧子下,拿刀砍拐子马的脚。兀术的军队终于坚持不住了,开始向后逃跑。

王德和杨沂中到处寻找兀术,看见兀术在护卫的保护下边打边跑,骑马飞快地朝那里杀了过去。兀术的部下上前阻止王德,被王德一刀一个连杀几员大将。那剩下的几万骑兵,把兀术围在中间,不要命地跑了起来。杨沂中对王德说:"前面有人接应,这回一定要抓住兀术。"两人带着兵继续追赶。

兀术大军跑了一夜,还是没有甩开王德的追兵,只能继续死命地拿鞭子抽马快跑,马累得都吐白沫了。这时前面突然有大军出现,兀术看见是刘锜的旗号,吓得脸都白了,对部下说:"这是顺昌那个将军啊。你们一定要跟紧了好好保护我,只要我能活命,全都重重有赏。"这会儿金兵也被吓破了胆,连命都要没了,要赏赐还有什么用啊,全都乱了套,各处逃跑,见人就杀,也不管是不是自己人了。

刘锜、王德他们的大军把兀术团团围住,眼看兀术跑不了了。只听到中间兀术的将军大喊:"如果不拼了命,元帅怎么跑得了?没有了元帅,金国也就完了。"金兵听到这句话,重新聚集起来为兀术开路。这时附近打了败仗的金国军队也赶了过来,没有别的目的,只为了兀术活命。或许兀术命不该绝,他跑进了山里。刘锜他们不再追赶,开始集合军队。这一仗,兀术损失了九百多个将军,死了六万多士兵,刘锜他们收复了河南的领土。

兀术现在是气得不行了,打算集合败兵,报仇雪恨。他的谋士对他说:"千万不能再出兵了,现在士兵们都害怕刘锜和王德,没等打就想跑了。还是等撒离喝攻下来濠州,我们一起向南侵略,安全一点。请元帅再写封信给秦桧,让他把刘锜、王德他们都调回去。"兀术答应了他,又写了封信让人送去给秦桧。

秦桧收到信,也不向皇帝报告,让心腹用以前的诏书去命令刘锜回来。收到诏书,王德说:"现在我们占有天时地利,等过一段时间金人站稳了脚跟,我们就算有再多的兵,也没有现在的优势了。"刘锜说:"皇上的命令不可以违抗,即使赢了,也是对皇上的不尊重。明天启程回去。"

第二天,大军在行进途中听说撒离喝趁宋兵走了又回去偷袭。杨沂中说:"金人现在侵略我们的地方,怎么能不救呢?"走到一半的时候,听说城池已经被攻下了,张俊赶紧召集部下开会商议。王德说:"现在城池已经没了,我们没有能力去攻打,还是后退找险要的地方阻止他们继续前进,再做别的打算吧。"大家都赞同他的建议。

两天后,前边的探子报告说金兵都撤退了,城门四敞大开的,一点动静都没有。刘锜说:"金国人很狡猾,这肯定是阴谋。"张俊说:"你这个胆小的家伙,我自己带兵去。"他和王德带六万大军进城。士兵还没有全部进去,金兵埋伏的几万骑兵就从各个方向杀了过来。杨沂中非常害怕,问王德:"将军有什么办法?"王德说:"我只是一个小头目,是你们下命令要进城来的。"

杨沂中见形势不好,命令撤退。宋兵见元帅都跑了,慌乱得四处逃跑,互相拥挤,死了非常多的人,王德杀了两个将军后,被金兵团团围住跑不出来。危急时刻,城外杀进一支大军,看旗号是韩世忠率兵前来救援,士兵拼命开路,才救出王德。

刘锜的军队在树林中休息的时候,张俊一个人跑来,刘锜问他："你的兵呢?"张俊说:"我们战败回到淮南去了。"刘锜的部下说:"两个元帅的军队都败了,只有我们没办法守得住,还是赶快撤退吧。"刘锜说:"以前在顺昌的时候,我用不到两万人战胜对方十万大军。现在我们占有地利,士兵士气高涨,有什么守不住的?"于是下令三军准备。张俊很害怕,不同意留守。过了不久,杨沂中、王德、韩世忠都来会合,张俊才放下心来。

第二天,撒离喝见宋国的军队集合在一起,不敢自己面对宋国大军,从城中撤退了。刘锜他们也各自回朝廷了。

岳飞听说杨沂中打了败仗,叹着气说:"如果皇上的诏令再晚下几天,怎么会让金兵这么猖狂?"于是把岳云叫过来,吩咐他说:"你去带领士兵训练,准备武器。我这几天亲自去请皇上让我带兵出战。"岳云点点头去了。

第四十四回

秦桧定计削兵权

几天后，岳飞去朝见宋高宗，奏请皇上让他领兵出战。皇上没答应他，秦桧却更加恨他了。秦桧背地里对皇上说："陛下既然召集各路元帅回来了，估计太后不久就会有消息了。现在虽然丢了一个城，不过是小事而已。请陛下要以孝顺为主，别听他的。"岳飞回到家，被气得风寒病犯了。

第二天，为了精忠报国的志向，岳飞又去奏请皇上。皇帝见他非常诚恳，准许他带兵。老百姓听说岳飞带兵来了，非常高兴，站在路边欢迎，并准备了酒肉犒劳士兵。

岳飞带兵训练一段时间后，请朝廷允许他去前线。皇上让秦桧决定。秦桧想削弱他们的兵权，于是叫了一个叫范同的家伙在家里商量这件事该怎么办。范同说："这事很容易，朝廷要封谁的官都是丞相说了算。丞相只要上奏皇上，封韩世忠、张俊、岳飞的爵位，让他们在朝廷为官，不就没有兵权了吗？"秦桧听了这话非常高兴，好像找到了知音一样，请范同在家里喝酒答谢。

第二天，秦桧秘密地上奏皇上，把张俊、韩世忠、岳飞使劲夸了一顿，要把他们召回朝廷当官。皇上答应了他。不久,钦差们带着圣旨去请各路元帅。张俊、韩世忠、杨沂中等先后赶到,只有岳飞没来。

秦桧问范同,岳飞没来怎么办?范同说:"岳飞那路兵最重要,一定要让他回来。等他们全都聚集在京城的时候,一定会有人因为赏赐不一样而心生嫉妒。这样丞相就好控制他们了。"秦桧非常赞同,又派人去催促岳飞。

岳飞没有办法只好独自回京城去见皇上。皇上对他说:"我因为惦记太后,所以才答应金人讲和。你的功劳我很清楚,所以召你回来帮我的忙。为什么每次叫你回来你都不回来,你一点也不在乎我的命令吗?"岳飞在下面把头都磕出血了,赶紧说:"我不敢违抗皇上的命令,当初我带兵驻扎在朱仙镇,离汴京只有几十里路,再给我一点时间就可以恢复以往的领土。皇上连发十二道金牌让我回来。我们在离开的时候,河南的百姓害怕被金人报复,哭着不让我们走,我们不知道该怎么办。我看当时的情形,实在不了解皇上的本意啊。"岳飞痛哭流涕,哽咽得说不出话来。皇上也被他的话感动了,又对他说:"我知道你忠心爱国,回去吧,明天来听候我的旨意。"

第二天,皇上封韩世忠、张俊为枢密使,岳飞为副使,但是枢密府的事都归他管。杨沂中、王德也都加了官,韩世忠他们谢恩走了。只有张俊很不高兴,回到家里,跟他的心腹说:"我当将军的时候,岳飞才是个小头目。现在权力却比我大。我一定要陷害他,才能出得了这口气。"他的心腹说:"秦桧给各位元帅加官,是为了收回你们的兵权,好方便他与金国讲和。只要元帅赞同讲和，和秦桧站在一边，以后你就是一人之下、万人之上啊。"张俊听了这话非常高兴，便找秦桧表忠心去了。

原来韩世忠的部下听说他们没人管了，都散漫起来，还有的人逃跑了，有的人做了强盗。皇上听到消息，跟臣子们商量谁能管住那些士兵。有的臣子说杨沂中，有的说张俊。皇上摇摇头说："他们都只是有些小才，真正的大将还得是岳飞。"就派岳飞去当元帅。士兵们听说岳飞来了，当强盗的把抢的东西交公了，逃跑的也回来了，士兵的士气非常高涨。

秦桧听说了这件事，对岳飞更加嫉妒了，和心腹商量怎么对付他。心腹说："把张俊也派去一起带兵，瓜分岳飞的兵权。"秦桧第二天就上奏皇上把张俊派去了。岳飞非常高兴，有什么事都和张俊商量。张俊不同意的，他从不自己做决定，甘愿做副手。

几个月后，张俊和岳飞商量军事。张俊说："带兵的任务很重，现在咱们两个没有一个说了算的，不利于带兵，不如咱俩把军队分了，方便管理。"岳飞说："这样不好，咱们带的是韩世忠的部队，韩世忠和咱俩同样官职，瓜分他的部队太不尊重了。"张俊听了，很不高兴。

这时忽然传来金兵要来进攻的消息。岳飞带兵赶去，发现城池破旧。张俊说："金兵远道而来，粮食供应不上，我们把城池修好，准备防守吧。"岳飞反驳他说："我们训练士兵，是为了恢复我们丢失的土地，怎么能只想着守城呢?"张俊害怕秦桧责怪，很不满岳飞的意见，一个人走了。

几天后，韩世忠的老部下来找张俊，询问瓜分军队的事，他们害怕真的把军队瓜分了，军中会出现骚乱。张俊却以为这是岳飞叫他们来的，非常生气，给秦桧写了封信，叫秦桧把这几个人全抓去了，严刑拷打，让他们陷害韩世忠。

岳飞听到这个消息，惊讶地说："韩世忠是个忠臣，难道张俊要陷害他吗？"赶紧派人去提醒韩世忠。韩世忠见到岳飞的人以后，非常惊慌，赶忙第二天去见皇上说："皇上让我当枢密使，权力已经很大了，我天天小心谨慎，害怕对不住皇上的信任，从没想过再带兵。我听说张俊想要瓜分我的军队，我的部下去询问他，被他抓起来了。我害怕皇上会责怪我，所以来向皇上请罪。"皇帝说："我知道你的心意，不用害怕。"说完命人把韩世忠的部下放了。韩世忠这才放下心来。

张俊听说韩世忠的部下被放出来了，知道是岳飞通知的，恨得咬牙切齿，写信告诉秦桧。秦桧非常生气，让皇上把岳飞和张俊的军队叫回南方来。岳飞看见诏书，叹息地说："我现在终于知道朝廷是再也不想打仗了，两位老皇上的仇，还有谁还记得呢？"

第四十五回

岳飞访道月长老

宋国和金国的和谈，终于要谈成了。金国要求宋国以淮水为界，割让两个州和陕西，每年还要进贡很多钱和丝绸，才肯放回太后。宋高宗全都答应下来。兀术看见宋高宗非常着急，又要求宋国割让七个州，宋高宗又全都答应，宋国的土地只有开国时的一半而已了。韩世忠不满意皇上这么让着金人，被皇上臭骂了一顿。岳飞听说这个消息，心完全凉了，请皇上让他辞官回家。秦桧看了岳飞的奏章，非常高兴，赶紧答应让岳飞走了。

兀术知道以后，写信给秦桧说：只要岳飞一天在，我心里就不踏实，你一定要把他杀了。秦桧非常听话，派张俊去岳飞的老家当官，找机会谋害他。

有个小将以前因为违反军法，被岳飞打了一百杖。张俊把这人叫来说："你想不想向岳飞报仇？我现在给你机会，只要你告发岳飞，以后有的是荣华富贵。"小将连连磕头说："岳元帅功高盖世，我被打是应该的，怎么敢诬陷他呢？"张俊恶狠狠地对他说："如果你不答应，我就杀了你，把你家人全部发配边疆。"小将非常害怕，只能答应。

　　张俊又打听到有个叫王俊的,以前是岳飞手下的小官,行为非常不检点,常被岳飞骂。张俊把他叫来说:"你要肯告发岳飞,我让丞相升你的官。"这个王俊是个贪得无厌的家伙,有这种机会,高兴得不行了,和张俊一起捏造了一份状词。

　　张俊用公务的名义把岳飞军中的张宪等人骗到自己家,拿出状词,装出生气的样子大骂他们,接着吩咐士兵把他们抓起来。他在枢密院动私刑,要张宪诬陷岳飞。张宪被打了十三天,皮开肉绽,浑身是血,也不肯诬陷岳飞。张俊只能自己捏造一份供词交给秦桧。秦桧收到供词,赶忙去向皇上举报,说岳飞父子要造反。皇帝生气地说:"全天下人都知道岳飞父子忠心为国。你不要再乱诬陷人,动摇国家的根基。"骂得秦桧说不出话来,只能让心腹拿着假圣旨去叫岳飞回京城,说是要给他加官晋爵,实际上想找机会害他。

　　岳飞辞官以后,和家里人每天都待在一起,养猪种地,过得很快乐。忽然朝廷派人来召岳飞父子回去,说是要让他们重新做官。假钦差走了之后,岳飞对妻子说:"朝廷就算真要让我再做官,我也会谢绝,用不了多久便回来。这段时间你要好好管理家事,不许荒废时间。"说完和岳云骑马向京城走了。

　　晚上在旅店中睡觉时,岳飞做了一个噩梦,吓出一身冷汗。他对岳云说:"我昨晚做了一个很怪的梦,非常不吉利。这附近寺庙里有个道月长老,据说是神仙投胎,能知道过去未来,我们去问问他吧。"说完一大早便和岳云去了那间寺庙。

　　当时道月长老正在打坐,早就知道岳飞会来,让小和尚出庙门迎接。岳飞见了长老,客气地说:"早听说长老是神仙投胎,能知道过去未来,一直想来拜见,却总被军务耽搁。这次皇上让我回京城,我在路上的旅店做了一个非常奇怪的梦,希望长老能帮我解梦。"

　　道月长老问岳飞是什么梦。岳飞说:"梦见两只狗在说话,旁边还站着两个裸体的人。"道月长老说:"这个梦非常好解,你怎么想不到呢? 两只犬中间一个言字,就是狱啊。旁边站着两个人,说明有两个人和你一起受害。你这次去京城,非常危险,一定要小心谨慎啊。"岳飞笑着说:"长老放心,我们父子一心为国家立功,这次回去是让我做官的,怎么会有危险呢?"长老说:"有些人可以一起患难,但不能一起享福。你隐姓埋名,和家人一同搬到偏僻的地方,才能免除这场灾难。"岳飞不高兴地说:"谢谢长老的话,如果老天有眼,一定不会陷害像我这样的忠臣。"说完带着岳云走了。

　　长老一直送到外面,对岳云说:"千万小心风波亭。"嘱咐完后走了。岳云说:"长老说的有些道理,我们还是小心点好吧。"岳飞不听,两人继续上路。

　　岳飞到了京城,等了几天也不见皇上叫他,却等来秦桧假传的圣旨,说岳飞和岳云、张宪想造反,把他们抓了起来。岳飞进了监狱,叹息着说:"我相信老天不会眼睁睁地看着秦桧诬陷我的。"

　　秦桧命令一个叫周三畏的人审问岳飞,周三畏心想:岳飞是忠臣,怎么会造反? 一定有人诬陷,等我明天问个明白。

第二天，岳飞在衙门说："我从军二十年，所经大仗三十多场，从未输过，小仗胜利无数，曾经以八百骑兵战胜金人五十万大军，以五百骑兵战胜兀术十万大军，两次解救京城，把金人打回北方一千多里，从乡兵长升到大元帅，如今辞官在家，这就是我一生的罪过。"接着他脱下上衣，露出背后的"精忠报国"四个大字，叹息着说："我们父子俩一心为国，每天只想着如何光复我国，从未有过半点私心，现在却被诬陷造反！"说完痛哭流涕。

周三畏也感动得哭了，大骂道："都是秦桧这个奸臣和金人勾结，陷害忠良。今天听元帅说出实情，就是石头也会被感动。像这样的冤案，让我怎么审问？"于是把岳飞送回监狱，让人好好照顾，明天再审。周三畏回到家中，心想：秦桧这个奸臣当丞相，像岳飞这样的大将军都被诬陷，何况我一个小官。如果我昧着良心审问岳飞，肯定被人唾骂，遗臭万年。如果不审，却会被秦桧谋害。不如悄悄逃跑吧，还能多活几年。于是他打定主意，趁晚上偷偷逃跑了。

岳飞蒙冤受审表忠义

第四十六回

秦桧矫诏杀岳飞

第二天，狱卒向秦桧报告，说周三畏跑了。秦桧非常生气，只能换人审问，可是换了几个人，都知道岳飞的冤情，不肯做秦桧的走狗。秦桧没办法，只好升了自己两个奴才的官，让他们审问岳飞。

这两个人见了岳飞，也不说话，先让人严刑拷打，夹棍夹手指，拔指甲，用蘸了盐水的鞭子抽，晕过去就用凉水浇醒再打，打得岳飞、岳云皮开肉裂，没有人样了。但岳飞不肯屈打成招。就这样打了两个月，可怜岳飞一代名将，却没有地方申诉冤情。

有几个官员去质问秦桧，全都被秦桧暗地里贬了官。韩世忠替岳飞去向皇上申冤，却被秦桧反咬了一口，只能辞官回家了，再也不跟朝廷的官员联系。有民间的老百姓不怕死，状告秦桧，被秦桧一股脑全杀了。大家看到这种情况，再也没有人敢说一个冤字了。

秦桧又拷问了一个多月，岳飞也没有屈服。他见到许多人替岳飞申冤，心里犹豫，不知道该怎么办了，回家和老婆商量。他老婆只写了七个字：捉虎容易纵虎难。秦桧看了这七个字高兴地说："对，一不做二不休，明天就去把岳飞杀了，还是老婆你最了解我的心意。"

第二天晚上，秦桧的心腹带着狱卒，把岳飞、岳云、张宪抓到江边的一个亭子里。岳飞抬头看见匾额上写的是"风波亭"，悲伤地说："老天爷啊，你为什么对我这么不公平？早知道听道月长老的话，我就不会遭受这个灾难了。"狱卒不等岳飞说完，用绳子把他勒死在风波亭下，把岳云、张宪绑上丢到江里。

岳飞死时只有三十九岁，岳云二十三岁。第二天乌云密布，没有一丝阳光，整天狂风大雨，知道消息的人都在为岳飞悲伤。以前跟随岳飞的人，都将岳飞的灵位立在家中，每天祭拜。有两个重情义的狱卒，见岳飞的尸体丢在野外，怕被野狼叼走，搬了很多螺蛳壳把尸体盖上，等岳家的人来认领。

秦桧杀了岳飞之后，知道自己的罪过，怕留下骂名，让儿子带人编南宋史，好把自己写成大大的忠臣。从此以后，凡是有诏书提到秦桧的，一律删掉重写。民间有人编野史提到秦桧、岳飞的，全家杀头。大臣不满意秦桧的，轻的罢官回家，重的砍头。张俊在岳飞死了之后，越来越骄傲，秦桧见他已经没用了，找个理由把他赶回家了。张俊在家整天闷闷不乐，后来郁闷死了。

岳飞的夫人一直在家等候丈夫和儿子的消息，见他们去了三个多月还没有回来，非常着急，和女儿银瓶小姐商量说："我昨晚梦见你父亲回来了，手中拿着一只鸳鸯，不知道是什么意思。"银瓶小姐说："我昨晚也做了个梦，梦见哥哥和张宪一人抱着一根木头回来,不知道是福是祸。"夫人说:"一定是你父亲他们发生了什么事,所以咱们母女俩才做这样的梦。"于是叫人去请巫婆来占卜一下。

不久,请了一个王师婆来,夫人对她说:"我丈夫岳飞和儿子岳云去了京城三个多月都没有消息,加上昨天晚上做了个怪梦,所以请你来占卜一下。"王师婆说:"这个容易,等我请个神来,问问他就知道了。"当时就把桌子摆在中间,点起一炷香,摇头晃脑起来。

只见王师婆忽然两眼竖直,拿棒子来回乱舞,大声说:"我是奔游神!请我来干吗?快说快说!"吓得夫人哆哆嗦嗦地跪下说:"我丈夫岳飞和儿子岳云被召回京城三个多月,没有消息。请神仙告诉我他们的消息!"王师婆说:"有血光之灾。"夫人问:"我昨晚梦见丈夫拿着一只鸳鸯,不知道是什么意思。"王师婆说:"这是拆散鸳鸯的意思。"银瓶小姐也跪下问:"我昨晚梦见哥哥和张宪一人抱着一根木头,不知道是什么意思。"王师婆说:"一个人加一根木,就是'休'字,他俩都死了。快烧纸吧,我走了!"说完,王师婆晕了过去。

王师婆醒了之后,要了赏钱就走了。夫人和银屏小姐不敢相信,十分疑惑。这时下人报告说,有一个道士要见夫人,说有大事,怎么赶他都不走。夫人叫那道士进来,问他有什么事。道士说:"你是岳飞的夫人吗?"夫人说是。道士说:"既然是夫人,那我就不隐瞒了,我是朝廷管刑罚的周三畏,因为秦桧命令我审问岳飞,要害他性命,我不肯,便逃跑了。岳飞、岳云、张宪在狱中被打了将近三个月也没有招供,最终被秦桧害死在风波亭上。"夫人听到这个消息痛哭流涕。周三畏说:"夫人别哭了,带孩子们去避难吧,过不了多久秦桧就会派人来捉拿你们的。"夫人跪下谢了周三畏,让家人避难去了,自己和银瓶小姐去京城给岳飞安葬。

夫人到了京城,到处找不到岳飞的尸体。一天晚上,有人在她住宿的旅店留下字条,说岳飞的尸体藏在江边的螺蛳壳里。夫人带着银瓶小姐去查看,果然发现了岳飞的尸体。银瓶小姐见父亲死得这么惨,悲伤地说:"我的父亲兄长一心为国,立了无数功劳,如今却被奸臣害死。我作为女儿不能为他们报仇,活着还有什么意思?"说完她见旁边有一口深井,便扑通一声跳井自杀了。夫人见到女儿自杀了,悲痛万分,把丈夫、儿子、女儿一起葬到西湖的栖霞岭。

不久,秦桧派人抓住了岳飞一家老小,捏造一份圣旨,将他们全部发配到岭南去了。

第四十七回

和谈成太后归国

金国的人听说岳飞被秦桧害死了,举国欢庆。金熙宗对臣子们说:"这回一定可以讲和了。"兀术上奏说:"宋国除了岳飞,我不怕别人。请皇上派人去宋国再多提点条件。"皇帝答应了他。

使臣到达临安,宋高宗对他说:"我虽然拥有天下,可是却没有父母。我耻辱地同你们讲和,愿意献出宋国所有的东西,只想换回来我的母亲,怎么这么久还没有消息?如果你们没有要归还我母亲的意思,明白说出来,我会御驾亲征,带领大军扫平你们金国,把我母亲接回来。"金国的使臣十分害怕,不知道该说什么。

第二天,宋高宗叫来一个大臣,对他说:"我要派你到金国讲和。你跟他们皇帝说,太后在他们那里,不过是一个老太太,在我这里,却非常重要。一定要好好说,用真诚感动他们。"大臣领命走了。

到了金国,金熙宗对这个大臣说:"你们的领土打回来不容易,为什么却要放弃换太后回去呢?"大臣说:"我们皇帝拥有天下,却不能向父母尽孝。现在年龄大了,一想到自己在宫殿里荣华富贵，母亲却在遥远的塞外吃苦，就泪流不止。希望皇上您体谅我们皇上的一片孝心，放他母亲回国。"皇帝说："我说过的话，怎么会不算数呢？你先回去吧，过几天我就派人把太后送回去。"

等大臣走了，兀术对皇帝说："岳飞死了，我们已经不用怕他们了。宋国人的诡计很多，不如不放太后回去，好控制他们。"金国皇帝说："如今和谈已经成功了，如果我不放她回去，天下人知道了，都会认为我是个不守信用的人，还有谁会听我的话？"于是命令一个臣子去接太后，送她回国。

宋高宗听说太后快到了，率领百官出城迎接。母子重逢，场面自然十分感人。车队进城，百姓们夹道欢迎，都说太后回来了，是朝廷的福气。皇上将太后带回皇宫后，看见太后因为在北方待了近二十年，皮肤干裂，鬓角都白了，悲伤地说："我因为母亲的缘故，屈辱地和金国讲和，献出了很多土地。不过今天能看见母亲，我就觉得心满意足了。"太后听了这话非常难过，哭着说："仅仅因为我回来了，你就感到心满意足了？中原的百姓每天遭受战争的折磨，一直期盼你能打败金国。我听说现在你有这个能力，却同他们讲和，等金国的士兵重新准备好再来侵略我们吗？两位老皇帝的仇，你有没有放在心里？"皇帝沉默了一会儿说："我会和大臣们商量的。"便让人伺候太后休息了。

宋高宗十分感谢金国，派两个使臣带着千两金茶器、万两银茶器等前去谢恩。两人到了金国，金熙宗十分高兴，不仅没有要礼物，还把洪皓等宋国的大臣放回国了。兀术听说消息,连夜上奏说:"宋国既然讲和了,百姓和士兵都可以好好生活,这是好事。陛下放太后回国,这是你的仁慈。可是你不该放洪皓回国,我听说他有惊天动地的才华,这是放虎归山啊。"熙宗叹息着说:"当时我太高兴了,考虑不周到。"于是派出骑兵昼夜追赶,可这会儿宋国人已过河而去了。

洪皓等人回到京城,宋高宗很高兴,对他们说:"各位二十年来对国家的忠心让人佩服,不比汉朝的苏武差啊。"洪皓说:"我在金国这么多年,很了解金国的情况,金人最惧怕岳飞,甚至士兵们都不敢称呼他的名字,只敢叫'岳爷爷'。听说他死了,举国欢庆。请陛下不要忘记老皇帝的屈辱,积极备战。"宋高宗说:"人家金国刚刚把太后送回来,我就反悔,这不是不讲信用吗?"洪皓说:"陛下不该拘泥于小信用,而忘记大事。以前的商汤如果拘泥于君臣关系,夏桀怎么会死呢?百姓们就会一直生活在暴政中。如今一半的江山被金国占领,陛下只拥有南方这么一点地方就满足了吗?那我们这二十年的辛苦,也都没有意义了。"其他一起回国的大臣也都劝皇上攻打金国。皇上见他们说得非常诚恳,就让他们去丞相府讨论这件事。

秦桧厌恶死洪皓了,跟老婆说:"这几个老头子刚回国就这么多话。我要让他们很快再也说不出话来。"过了几天,秦桧找了机会,把洪皓等人贬到岭南去做官。洪皓在北方住了二十年,岭南天气湿热,他水土不服,不久就病死了。

宋高宗因为秦桧和谈有功,要好好奖赏他,让他做秦、魏两国公。秦桧心想:宋朝只有蔡京这个奸臣做过这么大的官,我如果和他一样,不是给人留话柄吗?所以他坚持不肯升官。虽然官没有升,可是秦桧的权力一点都不比蔡京小。所有朝廷的奏章、圣旨,都要经过他的同意。

一天,秦桧和审问岳飞的奴才聊天时,问到岳飞临死前说过什么。那奴才说:"他曾经说过,'早知道听道月长老的话,我就不会遭受这个灾难了'。"秦桧问:"道月长老是谁?"奴才回答说:"是一个能预测未来的有名的和尚。"秦桧说:"岳飞造反,一定是这个人指使的。"马上让手下心腹去抓道月长老。

这心腹赶到寺庙,正好遇到长老在庙堂讲佛法。只听长老说:"我活了这么多年,从来没有为自己考虑,只想多帮助别人。今天秦桧的人从东方来,我却要向西边去了。"道月长老说完这几句话,在座位上死了。这心腹急了,怎么我一来就死了,可怎么向秦桧交代啊。想来想去,没别的办法,只能让小和尚把道月长老当场火化,他们拿几根骨头回去交差了。

第四十八回

秦桧遇疯魔行者

一天秦桧上完朝回家,坐在万花亭休息。突然他觉得眼花缭乱,看见岳飞手拿着绳索,走了过来。旁边站着岳云、张宪,他们手拎着自己的头,浑身是血,把秦桧一阵乱打,大喊着:"秦桧还我四人的命来。"后面走来一个浑身是水的女子,把秦桧往前一推,秦桧直接从亭子上滚到了最下面,跌得浑身是血。下人们看见这个情况,赶紧把秦桧的老婆王氏叫来,王氏问秦桧:"怎么了?"秦桧把在亭子上见到岳飞的事情说了一遍,就晕了过去。

从此以后,秦桧的精神总是恍恍惚惚的,他吃不下饭,也从来不敢睡觉,一睡觉就见到岳飞他们四个人来找他索命。王氏见他真像发了疯一样,决定和他一起去灵隐寺拜佛,给岳飞超度。

几天后,秦桧夫妇来到灵隐寺中烧香,方丈亲自带所有和尚出门迎接。秦桧来到庙堂上,拜了两下,就让和尚和手下出去了。然后他嘿嘿笑着对佛像说:"第一炷香,保佑我们夫妇俩长命百岁,一生富贵。第二炷香,保佑岳飞早早超生,不再来烦我。第三炷香,和我有仇的人,仇怨全部化解。"

朝拜完了,秦桧便让方丈带他和老婆到各处游玩。玩完了,又回到了庙堂前,他看见墙上有一首诗,墨迹还没干呢。秦桧走近仔细观看,见上边写道:捉虎容易纵虎难,东窗毒计胜连环,三人眼内衔冤泪,流入襟怀透胆寒。秦桧大吃一惊,心想:这第一句是我老婆写的,没有别人知道,怎么写在这儿了?奇怪!便问方丈:"这墙上的诗,是谁写的?"方丈说:"我们寺最近来了一个疯和尚,总是喜欢到处乱写乱画,应该是他写的。"秦桧说:"你去把他叫出来,让我问问他。"方丈战战兢兢地说:"他是疯子,整天痴痴傻傻,我怕会得罪了丞相。"秦桧说:"没关系!我知道他有病,不会跟他计较的。"

方丈接了命令,把疯和尚带了来。秦桧见那疯和尚非常脏,衣服上都是补丁,口歪眼斜的,便问他:"小和尚,这墙上的诗是你写的吗?"疯和尚说:"是你做的,我写的。"秦桧夫妻两人听了吓出一身汗。秦桧又问他:"为什么'胆'字写得这么小?"疯和尚说:"胆小出了家,胆大会弄出事来的。"秦桧说:"你手中的扫帚有什么用?"疯和尚说:"用它扫灭奸邪。"秦桧说:"那只手里的是什么?"疯和尚说:"是个火筒,这火筒节节生枝,能吹得狼烟四起,实在是好用。"秦桧骂他:"不许胡说!你什么时候得的病?"疯和尚说:"在西湖上见了'卖蜡丸'的,就得了这胡言乱语的病。"王氏说:"这个和尚是个疯子,问他这么多干什么,让他去吧。"疯和尚说:"三个都被你去了,也不多我一个。"

秦桧和老婆听了,被吓得不行了,没人知道的事这疯和尚都说得这么清楚。秦桧问:"你有法名吗?"疯和尚说:"有,有,有! 我叫叶守一。"秦桧又问:"看你这个德行,这诗不是你写的,你告诉我是谁写的,我有赏赐给你。"疯和尚说:"我会作诗。"秦桧说:"你既然会,那现在当我面作一首吧。"疯和尚就磨浓了墨,提笔写出一首诗来,递给秦桧。秦桧接过来一看,上边写着:

久闻丞相有良规,占擅朝纲人主危。

都缘长舌私金虏,堂前燕子水难归。

闭户但谋倾宋室,塞断忠言国祚灰。

贤愚千载凭公论,路上行人口似碑。

秦桧看见每句话都是他的心事,虽然生气,但是却不敢发泄出来,便问:"怎么还少两句?"疯和尚说:"若见施全面,奸臣命已危。"秦桧回头对手下们说:"你们记着,要是遇见叫施全的人,不要管他是谁,马上抓起来见我!"王氏说:"你怎么能听这疯子的胡言乱语?"疯和尚说:"你怎么知道是胡言乱语,不是顺理做的? 你看每句的第一个字。"秦桧看每句的第一个字,是"久占都堂,闭塞贤路"八个字。

秦桧大怒说:"你这个小秃驴,敢戏弄我朝廷宰相!"随即让手下把他推出去打死。王氏劝秦桧说:"他本来就是个疯子,你何必这么生气呢? 还是放过他吧。"秦桧听了她的劝告,便说:"放了他吧,以后不许这样了!"还叫人赏给他两个包子。

疯和尚把包子掰开,将馅都扔了。秦桧问:"你怎么把馅都扔了?"疯和尚说:"别人吃你'陷',我却不吃。"秦桧见疯和尚每句话都在嘲讽他,气得脸都红了。王氏叫那疯和尚:"你快去西廊下吃饭吧，不要在丞相面前乱说话！"

寺庙的和尚们都怕得不行了，见了救命的机会，一齐过去把疯和尚推向西廊。疯和尚大声喊着："别推，别推！那女人叫我西廊下面吃饭，她却要向东窗下面饲饭哩！"和尚们赶紧把他推了出去，都捏了一把汗，庆幸自己捡回了一条小命。秦桧也气冲冲地回家了。

施全在太行山上，每天就是打算着给岳飞报仇。一天，他独自离开太行山，连夜赶到京城，悄悄到岳飞的墓前，哭了一顿。恰好打听到秦桧正从灵隐寺回来，一定会在一座桥下经过，他便躲在桥下。秦桧在回来的路上，正在纳闷："我和老婆做的事，这疯和尚怎么全知道呢？"想着想着就来到了施全躲藏的桥下。

忽然秦桧的马受惊跳了起来，秦桧赶紧把缰绳一拽，退后几步。施全看见机会来了，拿起大刀，朝秦桧劈来。忽然他胳膊一阵麻，抬不起手来，刀掉到了地上。两旁秦桧的手下围过去，将施全乱刀砍死了。这施全是岳飞手下的一个猛将，那几个手下怎么会是他的对手，他怎么反而被他们杀死呢？那是因为岳飞在阴界不肯叫他刺死了奸臣，要让秦桧遭报应痛苦而死，所以在阴界拉住他的胳膊，让他举不起手来。这也成全了施全的忠义名声。

第四十九回

栖霞岭诏立坟祠

　　宋国的太后和大臣们都回了国，前面提到的使臣王伦却一直被金国扣押。金熙宗觉得他是个人才，希望重用他，把他叫到跟前说："我希望你当我国的副丞相，官职很大，你愿意吗？"王伦大骂金国皇帝："我是大宋的臣子，谁稀罕你的狗屁宰相？"金熙宗非常生气："你难道不怕死吗？"王伦笑着说："我从来的那一刻起，就没打算活着回去。现在我能看到你们金国的实力越来越弱，以后一定被大宋击败，已经心满意足了。"熙宗气得满脸通红，命人把王伦拖出去杀了，头颅悬挂在城门上示众。

　　宋高宗听说王伦被杀了，气得号令三军，准备御驾亲征。秦桧连忙阻止，高宗也不听。这时忽然传来消息，以前被贬的左丞相赵鼎死了。皇上非常伤心，大臣们也说现在这个时候最好不要打仗。宋高宗听了他们的劝说，把这事放下了。

　　这时在北方的金国有两颗流星从天而降，很不吉利。第二天金国管天象的官对金熙宗说:"昨天有南北两颗星从天而降,预示着我国和宋国要各死一个将相。北边的帝星开始变暗,皇上要小心有人窃取皇位,图谋不轨。"皇帝不相信,忽然边界传来消息,宋国的前左丞相赵鼎死了,金熙宗这才相信,只是不知道本国会是谁死。

没有几天,兀术病死在家中。所有人都惊呆了,熙宗哭着说:"太师一死,金国可怎么办啊?"既然兀术死了,金熙宗只能和大臣们商量让谁当太师,很多人推荐完颜亮,说他是太祖的孙子,很有名望,办事也有能力。熙宗答应了下来。有大臣上奏说,完颜亮性格残忍,很有野心,当不了太师,熙宗没有理他。

自从兀术死了,再也没有人能管得了金熙宗了,他让皇后管理国家大事,自己每天和妃子饮酒作乐。皇后因为不满意他只知道玩乐,惹恼了金熙宗,被他拿刀在后宫杀了,金熙宗又立了宠妃的儿子当太子。从此以后,金国的大事都由完颜亮管理。完颜亮越来越骄横,在大臣面前就把自己当作皇帝。不过完颜亮每天陪熙宗玩乐时,低声下气的,很不自在,再加上常常与熙宗的妃子厮混,便起了歹意。

有一天,熙宗召他进后宫陪自己玩乐,完颜亮带着五百个侍卫冲进了皇宫,谁敢阻止,全部杀头,一直冲到皇上的寝宫。熙宗看见完颜亮拿着短刀,要杀自己,哭着说:"有大臣劝我,完颜亮不能信任,我现在真后悔没听啊。"完颜亮没等他说完，手起刀落，杀了金熙宗。

大臣们知道消息，大多不敢说话，有少数忠心的臣子都被完颜亮满门抄斩。皇亲国戚，凡是男的，一律被杀。金国皇亲，除了完颜亮一家，全都被绝了后。接着他让自己的心腹们当朝廷的大官，让和自己有关系的妃子垂帘听政，自己暗中掌握一切。

消息传到宋国，宋高宗非常高兴地说："金国皇帝死了，以后不会再有人侵略我们了。"许多大臣劝皇上趁金国内乱，兀术已死，恢复中原的领土。秦桧瞪了他们一眼，就没人敢说话了。

高宗认为宋国没有危险了，从此以后，每天和秦桧一起玩乐，对秦桧更加宠幸了，秦桧的妻子、儿子、女儿，甚至仆人都做了官。秦桧在宋国的权势达到顶峰，在城中出入，百姓一律跪拜，不许抬头，稍微慢点，就被挖去眼珠。百姓看见他，就像看见了凶猛的老虎一样害怕。

一天，秦桧忽然想起灵隐寺的疯和尚，心里生气，派兵去捉拿。疯和尚看见士兵，笑着说："我就知道丞相要抓我，所以都洗漱干净了，等我去换下衣服就跟你们去送死。"士兵把门锁住，过了两个多时辰，疯和尚还没有动静，开门进去，哪里还有人在，只留下一张字条，说自己家在东南第一山。

士兵把这奇怪的事跟秦桧报告了，秦桧找朝廷管天象的人来占卜。那官员听了前因后果，想了一会儿，跟秦桧说：
"疯和尚法号叶守一，其实是'也十一'的意思，'也十一'就是
个'地'字，家住东南第一山，那东南第一山是神仙住处。这
和尚是地藏王菩萨啊。"说完他害怕得不停磕头，希望菩萨饶
了他的罪孽。秦桧也非常惊讶，却不敢相信。

自从士兵去捉疯和尚不见之后，秦桧只觉得浑身疲倦，
一点精神也没有，身上长出很多大脓包，白天也会看到厉鬼
来找他索命，病得越来越严重，以至于不能上朝了。宋高宗
去他家探望，对他说："你有什么后事希望我帮你办的？"秦桧
听皇上已经问他后事了，说不出话来，泪流满面。旁边秦桧
的儿子对皇帝说："如果我父亲死了，请皇上看在他功劳的分
儿上，让我继承他的职位。"皇帝说："你父亲做丞相都不能让
大臣们信服，何况你一个小孩子。"秦桧的儿子见皇上不答
应，非常害怕。

不久，秦桧死了，他老婆王氏见到秦桧被牛头马面砍杀，
秦桧浑身是血，跑来和王氏说："东窗事发了，东窗事发了！"
说完又被砍杀。王氏晕了过去，下人们赶忙扶她到床上休
息，没一会儿，这狠毒的妇人也死了。

秦桧既然死了，和他有冤仇的人全都一窝蜂地向皇上告
发，人多得都排到了城门外边。宋高宗知道自己这些年来犯
下很多过错，索性一股脑地全推给秦桧。他马上命令将秦桧
的心腹和所有家人，全部发配到岭南充军；没收秦桧所有财

产,在京城贴榜文书写秦桧的滔天大罪;命人请岳飞的家人回来,加官晋爵,给死了的人追加封号;在栖霞岭造岳王墓,命人在旁边创立庙堂造岳飞的金身,岳云、张宪等站在旁边,秦桧和一群奴才跪倒在下面,以解百姓的公愤。

圣旨一下,举国欢庆,人人欢呼雀跃,大骂秦桧。

第五十回

冥司中报应秦桧

有个叫胡迪的书生,很有才华,风流倜傥,疾恶如仇。一天酒喝多了,他偶然看到秦桧写的《东窗传》,还没等看完,气得把书扔在地上,拍着桌子大骂天地有私,鬼神不公!

这天晚上,他睡觉时蒙蒙眬眬看到桌子底下走出牛头马面来,说:"王爷叫你,快跟我们去。"胡迪问:"什么王爷?是什么人?叫我干吗?"牛头马面说:"别多问,到了就知道了。"胡迪跟着二人走了。书童进来伺候主人,见主人死在椅子上了,忙去告诉胡迪的夫人。夫人非常惊讶,连忙跑进书房,见丈夫果然死在椅子上了,泪流满面,准备后事。

胡迪跟着牛头马面走了十多里路,来到一个宫殿,大门打开,上边写着"灵耀之府",门外全都站着厉鬼,拿武器守着门口。胡迪很害怕,牛头马面进去禀报。不一会儿,牛头出来说:"阎王叫你进去!"胡迪已经被吓得快尿裤子了,只能跟着来到大殿。只见殿上坐着一位大王,好像庙里的神像一样威严。左右站着六个官员,都穿着官服,手里拿着生死簿。底下站着五十多个人,都是红头发、大獠牙的厉鬼,恶狠狠地盯着胡迪,非常吓人。

胡迪在底下磕头跪下。阎王生气地说："你一个书生，应该恭敬天地，为什么反而埋怨天地，诽谤鬼神？"胡迪说："我怎么敢呢？"阎王说："你总说'天地有私，鬼神不公'是怎么回事？"胡迪听了，知道喝醉酒说的话得罪了阎王，便说："我看到岳飞为国为民，却被奸臣陷害，无处申冤，那奸臣反而活得好好的，一时酒后生气说的，求大王原谅。"阎王对手下说："这个书生年少轻狂，不信因果报应，不让他去阴间看看，他不会相信。"于是命手下官员带胡迪去看因果报应。

那官员接受了命令，带胡迪走下西廊。过了大殿以后三里多，看见一面几百丈的白墙，下面有一个铁门，上边写着"普掠之狱"。把门打开，一个夜叉跑了出来，上来就砍胡迪。那官员大声制止他说："这人是个书生，没有犯错，是阎王叫他看因果报应来了。"夜叉说："我们还以为是罪鬼，不知道是客人，别见怪！"

那官员带着胡迪进去。只见墙里面有五十多里宽，阴森森的，十分吓人。四边的城门上都写着名字：东边叫"风雷之狱"，南边叫"火车之狱"，西边叫"金刚之狱"，北边叫"冷溟之狱"。狱中男女都戴着枷锁，有上千人。

又走到了一个小门，胡迪看见二十多个男人，都披头散发，光着身子，手脚被很大的钉子钉在铁床上，遍体鳞伤，浑身是血，让人不敢看。官员指着下边一个人，对胡迪说："这个就是秦桧，那边是张俊、蔡京、高俅等人，全是大奸大恶的人。我现在对他用刑，让你看看。"

官员叫三十多个厉鬼把秦桧绑在"风雷之狱"的柱子上，

官员扣动机关。只见狂风像刀子一样把秦桧吹得血肉模糊，再听轰隆一声，天雷落下，秦桧被雷击成了粉末，满地血肉，十分悲惨。不一会儿，一阵阴风吹来，把秦桧恢复了人形。

官员又叫厉鬼把他赶到"金刚之狱"，一时间飞沙走石，比人还大的石头夹着狂风，把秦桧砸得鬼哭狼嚎，大叫救命。

再赶到"火车之狱"，夜叉用刀赶着秦桧登上冒着大火的车，只见火车不停旋转，火越烧越大，不一会儿就把秦桧烧成了灰烬。厉鬼用凉水浇，秦桧又恢复了人形。

最后赶到"冷漠之狱"，厉鬼把秦桧沉到冰水里，命令其他奸臣和秦桧互相对砍，砍得血肉模糊，骨头都碎了。最后仍把秦桧用钉子钉在铁床上，不断地用滚油浇，饿了就给他吃铁块，渴了就给他喝铜汁。

官员对胡迪说："这些奸臣，每三天要把地狱的刑罚全受一遍。直到三年之后变成畜生，生在凡间，让人扒皮吃肉。秦桧的老婆王氏，也要抓到这儿来受罪了，三年之后变成母猪，替人生育小猪，最后被人吃掉。"胡迪问："他们受的苦什么时候能结束？"官员说："万劫不复，永远当畜生。"胡迪非常高兴，惊叹地说："今天终于把我这口气出了。"

官员带着胡迪回到大殿。阎王问："你觉得怎么样啊？"胡迪磕头致谢，大声说："今天我终于发现冥冥之中自有报应，天地鬼神真是明察秋毫！可是不知道忠臣们死了之后都到哪儿去了？"阎王说："生前一心为国的王公将相，愿意当官的，便在天庭当官，不愿意做官的，便在仙境永享天恩。遇到明君的时候，便投胎去做大臣。你还有五十多年好活，如今

秦桧地狱遭报应

回去，要好好做人！"

官员对阎王说："胡迪来了很长时间了，再耽误一会儿，躯壳坏了，就回不去了。"阎王连忙说："既然这样，你骑我的宝马带他回去，不许延误。"官员去牵过一匹马来，把胡迪扶上马，打了一鞭，那马就像闪电一样飞了出去！吓得胡迪惊慌失措，紧紧拉住绳子，闭上双眼，不敢看下面。官员骑着马腾云驾雾，一会儿工夫，就来到一座很高的山上，胡迪稍微睁开眼一看："啊呀，不好了！"两边都是万丈深渊，中间只有一条小路，吓得他坐不住马鞍，咚的一声跌下了万丈深渊。

胡迪一身冷汗，惊醒过来，却发现自己躺在棺材里。只见家里的大大小小都围着棺材哭，正要埋他。胡迪说："我回阳了，不用哭了！"全家老小都非常高兴，脱了孝服。死了三天又活了，谁听说过这种怪事啊！

胡迪坐起来，喝了点水，慢慢地把阴间看到的事说了一遍。家人惊讶地说："秦桧刚死不久，已经在地狱受刑，真是报应啊！"胡迪从此以后，全心做善事，再也不图功名富贵，在田园安静生活，一直活到九十多岁。